恩古吉·瓦·提安哥
文集

织梦人 自传三部曲之三

[肯尼亚]恩古吉·瓦·提安哥 著
徐蔷 译

人民文学出版社

BIRTH OF A DREAM WEAVER: A MEMOIR OF A WRITER'S AWAKENING
Copyright © 2016 BY NGŨGĨ WA THIONG'O
This edition arranged with THE MARSH AGENCY LTD
through BIG APPLE AGENCY, LABUAN, MALAYSIA.
Simplified Chinese edition copyright © 2021 People's Literature Publishing House
All rights reserved.

图书在版编目(CIP)数据

织梦人:自传三部曲之三/(肯尼亚)恩古吉·瓦·提安哥著;徐蔷译.—北京:人民文学出版社,2021
(恩古吉·瓦·提安哥文集)
ISBN 978-7-02-012121-2

Ⅰ.①织… Ⅱ.①恩…②徐… Ⅲ.①自传体小说—肯尼亚—现代 Ⅳ.①I424.45

中国版本图书馆 CIP 数据核字(2016)第 248164 号

责任编辑	张海香　冯　娅
装帧设计	李思安
责任印制	任　祎

出版发行	人民文学出版社
社　　址	北京市朝内大街 166 号
邮政编码	100705
印　　刷	三河市宏盛印务有限公司
经　　销	全国新华书店等
字　　数	145 千字
开　　本	880 毫米×1230 毫米　1/32
印　　张	6.375　插页 3
印　　数	1—5000
版　　次	2021 年 5 月北京第 1 版
印　　次	2021 年 5 月第 1 次印刷
书　　号	978-7-02-012121-2
定　　价	36.00 元

如有印装质量问题,请与本社图书销售中心调换。电话:010-65233595

目　次

说明 …………………………………… *1*

序言 …………………………………… *1*

第一章　心中的伤口 …………………………… *1*
第二章　伤痕累累的土地 ……………………… *7*
第三章　红与黑 ………………………………… *16*
第四章　奔驰车、运动鞋、飞盘与旗帜 ……… *46*
第五章　笔尖与无花果树 ……………………… *65*
第六章　为钱写作 ……………………………… *72*
第七章　黑玩偶与黑面具 ……………………… *88*
第八章　过渡与巴黎来信 ……………………… *105*
第九章　盒子人与黑隐士 ……………………… *120*
第十章　书页、舞台与空间 …………………… *140*
第十一章　煤炭、橡胶、金银与新旗帜 ……… *154*
第十二章　在国家报工作 ……………………… *166*
第十三章　笔记与笔记本 ……………………… *184*
第十四章　地狱中的天堂 ……………………… *190*

致谢 …………………………………… *196*

纪念米奈·恩扬布拉,现借由与她同名的孙辈获得重生:恩扬布拉·瓦·木寇玛、恩扬布拉·瓦·萨米和恩扬布拉·瓦·恩杜库。

说　明

　　本回忆录将以其正当名称——土地与自由军——称呼被英国人冠以茅茅之名的武装反抗力量,军中战士则称士兵。

序　言

1959年7月,我作为英属殖民地的臣民进入麦克雷雷大学,到1964年3月毕业时,已是独立非洲国家的一名公民。在从臣民到公民的转变中,一个作家诞生了。麦克雷雷造就了我。这个故事是关于《战时梦》和《中学史》中的那个牧羊男孩、童工和读中学的理想主义者,是如何成为织梦人的。

本生爵士与英国女王在麦克雷雷毕业典礼上,1959年2月20日。图片来源:麦克雷雷大学图书馆非洲部

第一章　心中的伤口

"一个英国官员是不会做这种事的。这就是原因……"
"什么的原因?"
"一个英国官员。这就是原因。就是这样。"

女王庭院外,我倚着柱子,试图理解得到的消息。这座庭院是在伊丽莎白女王1954年4月偕爱丁堡公爵访问乌干达后,为纪念她而命名的。庭院被四周的建筑围成矩形,前面矗立着希腊式石柱,是包括英语系在内的艺术园区的中心。我的同学巴哈杜尔·特贾尼、彼土利·库鲁图、赛琳娜·科埃略和罗达·凯扬迦经过我身边,招呼我一起走,但我没有理会他们的提议。他们能感受到我的苦恼吗?

彼得·纳泽瑞斯也许会理解。在大学里,他虽然比我高一级,但实际上要小我两岁;他在1940年生于乌干达首都坎帕拉,而我则于1938年出生于肯尼亚的利穆鲁。我们曾一起供职于英语系的文学杂志《笔尖》,但他刚刚毕业,已将主编职位转交给我。因此我独自思索,试图把思绪集中到我无力改变的这一现实上:我所写的独幕剧《心中的伤口》被禁止在坎帕拉国家剧院的全国戏剧节上演出。

我们住在不同的宿舍楼里,生活中充满着从体育到戏剧上的友好竞争,而每一出在山上各楼间的英文竞赛中获胜的剧目,都会在镇上唯一的大剧院里再度上演。这出戏剧随后若能登上国家级舞台,就是最令人梦寐以求的获胜结果。这胜利不会带来任何物质性奖赏,有点让人想起那些在古希腊卫城中演出的戏剧①,在那里,虚构创作所获得的认可超越了任何物质奖励。

去年(1961),我的第一部独幕剧《反叛者》作为罗富国②楼的参赛作品取得亚军。获胜的是纳泽瑞斯的作品《勇敢新宇宙》,作为米歇尔楼的入选作品,此作有望登上坎帕拉国家剧院的舞台。即便是在他写出《宇宙》时,纳泽瑞斯也已成为一个典型的麦克雷雷学子,在音乐、体育、戏剧、学生政治和写作上兼具天赋③。我把终极荣誉输给了山上的偶像人物,但我还没有放弃。今年(1962),我的剧作《心中的伤口》获胜了。我创作的《乡村牧师》也将短篇小说奖项收入囊中,两项成就加在一起让罗富国楼赢了这场比赛。学监休·丁威迪把这一结果誉为振奋人心的消息:

---

① 狄俄尼索斯的剧院见证了埃斯库罗斯、欧里庇得斯、索福克勒斯、阿里斯托芬及许多其他人的作品。获胜者的奖杯是一座金属制成、用于火上烹煮的三足鼎。——作者注
② 罗富国爵士(Sir Geoffry Alexander Stafford Northcote,1881—1948),英国殖民地官员,1935 年至 1936 年出任英属圭亚那总督,1937 年至 1941 年为第 20 任香港总督。罗富国在 1904 年加入殖民地部,长期在非洲的殖民地政府机关供职,历任肯尼亚助理辅政司、北罗德西亚布政司和黄金海岸辅政司等职,在黄金海岸辅政司任内曾署任黄金海岸总督。1935 年至 1936 年,在南美洲英属圭亚那任总督。
③ 如今,纳泽瑞斯是一位知名小说家,著有《棕色斗篷下》和《将军起来了》。他也是爱荷华大学的顶级教授之一,在其国际写作项目中担任指导员,并撰写了无数博学且具创造性的作品。与此同时,他亦因对猫王的独特解读——一个跨种族、跨文化的第三世界居民——而名声远扬。——作者注

"为赢得比赛所写的作品质量上乘"①,也因为"许多本院学生都为此做出了贡献"。我的机遇得天独厚,下一步就是国家剧院了,我这样想道。

随着时间的推移,当关于国家剧院演出的热议日渐消散时,我意识到出了问题。那些我认为知情的教授们都闪烁其词,但我终于堵到了大卫·约翰·库克。

库克是两位最积极支持学生艺术创作的教员之一。库克毕业于伦敦大学伯克贝克学院,在南安普敦大学任教期间,曾于1961年在麦克雷雷担任过短期客座教授,并在1962年返回,获得终身教职。年轻的他大力支持已具雏形的当地人才,他们是大卫·鲁巴蒂尔、艾丽莎·科伦德和丽贝卡·涅尔等早期人才的后辈,指导他们的是玛格丽特·麦克弗森。麦克弗森是山上第一代学生写作者背后的精神动力,也是英语系1948年成立时的创始成员之一②。

英语系是麦克雷雷大学的招牌。这所大学始建于1922年,起初只是一所技术高中,在1949年成为伦敦大学的附属大学,并具备了颁发学位证书的资格。麦克弗森把这个故事记入了《他们为未来建造基础》③一书中,书名来自麦克雷雷的校训。大学服务于整个英属东非和中非帝国,接收主要来自乌干达、肯尼亚、坦噶尼喀、桑给巴尔、马拉维(时称尼亚萨兰)、赞比亚和津巴布韦(时称南、北罗德西亚)的学生。英语系是教授殖民地权力语言的所在。

---

① 《罗富国楼通讯》,1962年第4期第1页。——作者注
② 直到2011年去世,麦克弗森一生都在编辑并维持《老麦克雷雷通讯》,致力于追踪每一位麦克雷雷大学教员和学生的动向,无论他们处于世界何方。——作者注
③ 玛格丽特·麦克弗森著,《他们为未来建造基础:麦克雷雷大学编年史:1922—1962》(英国剑桥,剑桥大学出版社,1964年出版)。——作者注

我在库克的系办公室里找到了他。他曾支持我的创作,是第一个祝贺我获胜的人之一,还是约翰·巴特勒的朋友。巴特勒是坎帕拉的一所顶级高中——卢比利中学的校长,也是一位诗人,常参加乌干达戏剧节和学生戏剧节。他是裁定我的戏剧在比赛中获胜的评审人。库克请我坐下,但似乎并不十分乐于看到我。我直入正题,问他是否知道我的戏剧被禁止在国家剧院演出的原因。

他没有直视我,说了些与英国文化协会有关的话,种族关系什么的。然后就是那段话。"他们认为一名英国官员不会做那种事。"库克变得异常忙碌,胡乱摆弄着桌上的纸张。"他们对于戏剧本身并无异议,"他含糊地说道,"但他们觉得一名英国官员是不会那样做的!"

那部剧的背景设置在肯尼亚对抗英国殖民政府的武装解放斗争时期。英国人称此解放运动为茅茅,其本名是土地与自由军,自1952年起与殖民政府展开斗争。英国人将许多参与斗争的士兵和运动的平民支持者关进了集中营——当时被谎称为"拘留营"。《心中的伤口》的剧情围绕一位从集中营归来的土地与自由军(茅茅)士兵展开,他回家后发现妻子被一名白人地区官员强奸了。这个场景并没有演出来,只是在谈话中有所提及。这里的主旨不在强奸,而在于那人起初拒绝接受变化。

评审人约翰·巴特勒评价此剧写作精彩,结构巧妙,并称赞其制作和演出无愧于优秀的原作[①]。由于巴特勒是戏剧节委员会的一员,他一定曾力争将其纳入节目中。难道他在投票中被否决,甚至干脆被排除在外,仅仅因为英国官员强奸非洲女性这种事是无

---

① 《罗富国楼通讯》,1962年第4期第2页。格林尼·迪亚斯、罗尼·罗迪克、彼土利·库鲁图、赫尔曼·鲁普高、伊曼纽尔·吉瓦努卡、纳扎雷诺·恩古鲁库鲁和宝拉·伯纳克参演此剧。——作者注

法想象的吗?那些不喜此剧中的政治之人的政治手段,胜过了戏剧艺术。

库克只是传达了坏消息,并非始作俑者。但当我站在女王庭院里,他的话在我脑海中不断重复,如同一张坏了的唱片:一名英国官员是不会……。最终我走开了,朝着主楼的方向左转,不确定自己该去图书馆还是回宿舍。麦克雷雷的主楼是伦敦大学主楼的复制品,内有校长、教务主任及其下属的办公室,是一座集麦克雷雷大学政治和行政事务于一身的多功能中心;重要集会在此举行,周末则化身舞场,人们穿着正式礼服翩翩起舞,这些舞会通常由广受欢迎的麦克雷雷舞厅舞蹈社举办。主楼位于山上制高点,是来自校园各处的学生、教员和访客的交流中心。

我遇到了伽内什·巴格奇和他的妻子沙德哈莎娜。夫妻二人在成立于1954年老坎帕拉的印度政府中学教书。他们是形影不离的一对,两人曾多次共同登台演出,其中一些是伽内什自己的短剧作品。与乌干达黑人艾丽莎·科伦德一道,这对印度夫妇在由外籍白人社群主导的文化圈中声名显赫。

作为戏剧界人士,伽内什与沙德哈莎娜夫妇似乎很适合做我的倾诉对象。他们在殖民地时期的乌干达生活已久,因此我想知道,身处坎帕拉种族分化的文学界,身为印度作者的他们是否曾有过相似的经历:戏剧作品因其内容而被禁止上演。

我的聆听对象们摇着头,以表达无奈的同情。

我回到自己位于二楼的75号房间,躺在床上,"一名英国官员……这就是原因……就是这样"伴随着刺耳的杂音在我脑海中回响,指向同一个问题:一名英国官员真的不会那样做吗?

这似乎很荒谬?

有时我们提问，
不是因为不知道答案，
而正是为了已经了然于胸的事。

第二章 伤痕累累的土地

一

肯尼亚的白人殖民者政权所犯下的无数暴行在我脑海中争相浮现。不是肆意屠杀、大规模监禁和强制集体搬迁这等大事,它们在当时太难于消化了。我想起的是那些显然不正确且奇怪的独立事件。

事发地点是莫洛。一个白人殖民者把他的马借给白人访客,骑到十七英里外的火车站去。他命令一名工人、可能就是负责照看马厩的那个,陪同前往,把马牵回。钉着蹄铁的马一路飞奔,光脚的工人跑着追赶。回程中,疲惫的工人骑上了马背,目击黑人骑马的白人将这逆天行为上报。殖民者主人鞭打了工人,附近的欧洲人前来观看鞭刑。夜幕降临,打累了的主人用缰绳把工人绑在了一间仓库里。吃过一餐丰盛的晚饭后,主人回到仓库,发现工人失去知觉,躺倒在地,缰绳松了一点。主人更在意的是松了的缰绳,而非昏迷的工人。这是试图逃跑的迹象。他把俘虏拴得更紧了,并将他的双手绑在柱子上,然后锁门离去。主人一夜安睡,那工人却再也没有醒来。这一切发生在1923年6月10日。

当此案最终在纳库鲁铁路研究所召开的法庭上由谢里丹法官审理时,判决的依据却是受害者、而非杀人者的意图。显然,在他昏过去前,有人听到他说:"我死定了。"全部由白人组成的陪审团一致裁定,死亡是他自己的意愿,与所受折磨无关。原住民是不会死于殖民者之手的,他们是自愿死去的。陪审团只判定那殖民者有严重伤人之过。《东非标准报》在1923年8月2至10日就此案做了大量报道,根据她的档案判断,凯伦·布里克森显然是从这些报道中读来了这个故事,并在自己的回忆录《走出非洲》①中予以转述。布里克森知道那个殖民者的真实姓名:贾斯珀·亚伯拉罕,但耐人寻味的是,她从没提到他的名字。

尽管她讲述"基托什的故事"的方式,特别是细节的精确度,似乎显示此案令她不安,但布里克森(笔名伊萨克·迪内森)却并未谴责扭曲正义的行为,反而把原住民的死看作"一件自有其美感的事"。他死亡的意愿"象征着野性生物的逃脱,在需要的时刻,它们知道避难所的存在,想走就走,我们永远无法掌控"②。被折磨致死成了一件美好的事。这是野性的方式,是一个谜,有理性的人只能对此表示赞叹。

在来到非洲的白人旅者中,自由党人和保守党人笔下这种动物形象的建立是如此自然:1909年,来到东非考察的西奥多·罗斯福③被那里充满野性的人与兽所震撼,仿佛回到一万两千年前

---

① 来自彼得·雷曼教授给我看的研究笔记。——作者注
② 凯伦·布里克森(笔名伊萨克·迪内森)著,《走出非洲》(伦敦,企鹅出版社,1954年出版)第243页。——作者注
③ 西奥多·罗斯福(Theodore Roosevelt),1901年当选美国第26任总统。

的欧洲。丹麦人①和美国人都带着种族的有色眼镜看待这片土地。在她书中稍前的部分里,布里克森写道,她从野生动物那里学到的东西,帮助她和原住民打交道。

布里克森所处的世界居高临下,以1920年为界,把肯尼亚视为大英帝国的财产和殖民地。布里克森男爵夫人于1931年离开肯尼亚,回到故乡丹麦。1952年,争取土地和自由的茅茅战争爆发,总督艾弗林·巴林宣布进入紧急状态,如前所述的场景和"自愿死亡"理论将在全国大规模重现。历史循环往复。

战后一年(或使用其名称——进入紧急状态后一年),政府重金聘用兼具医学学士学位和精神病学学位证书、著有《非洲心理与疾病》②的精神病学家J. C. 卡罗瑟斯医生,请他研究茅茅。1955年,这位研究非洲人心理的专家以《茅茅心理学》③为题发表了他的成果,把茅茅诊断为一种大众狂躁症,其症状表现为暴力和巫术。

他的理论并非独创。早在他一百年前的1851年,另一位自称是黑人心理专家的塞缪尔·A. 卡特莱特向美国路易斯安那州医学协会呈上了其《黑人的疾病与怪癖》④一文,将摆脱奴隶制的愿望诊断为一种被其命名为"漫游狂"的精神疾病。这种狂症的严重发作会直接导致病人企图逃脱奴隶的天堂。

---

① 指前文提到的凯伦·布里克森。
② 约翰·C. 卡罗瑟斯著,"回顾约翰·C. 卡罗瑟斯",《非洲人的健康与疾病心理》(日内瓦,世界卫生组织,1953年出版),登载于《红十字会的全球历史回顾》第37卷,第443期(1955年11月出版),第760至785页。——作者注
③ 约翰·C. 卡罗瑟斯著,《茅茅心理学》(内罗毕,政府出版社,1954年出版)。——作者注
④ 塞缪尔·A. 卡特莱特著,"有关黑人的疾病与怪癖的报告",《德鲍评论》第11卷,新奥尔良,1851年出版。——作者注

卡罗瑟斯和他的前辈卡特莱特的医学理论涉足神话与基督教相接的领域：女巫、巫术和恶魔附身。殖民者跟历史上与其处于同等地位的奴隶主一样，把自己的体系视为自然、合理、且值得赞美的，是神恩的体现。违反这体系的行为是对良好规范的背离，是魔鬼的宣言。而现在，又有了买来的医学理论来支持其有利可图却扭曲的世界观。在卡特莱特看来，精神病学、心理学和基督教教义的联合在一个雇佣奴隶的种植园里登峰造极，而对卡罗瑟斯来说，则是在殖民者占领的土地上。卡特莱特的治疗方法是让奴隶不能逃远的脚趾切除术，这一理念在卡罗瑟斯所倡导的灵魂截肢中得到回响：失去神魂的人无法希求自由。这两种做法都提倡驱逐恶魔，以预防人们把疯狂的想法付诸实践：卡特莱特的办法是通过不断折磨获得永久的顺服，卡罗瑟斯则提议把数以千计的人隔离到集中营里，逼迫他们认罪。但这两位专家最提倡的、势在必行的治疗方法，是让他们工作。工作能净化灵魂。在肯尼亚，这一提议被心理学家呈给艾弗林·巴林，他于1942到1944年间任南罗德西亚总督，1952年被任命为肯尼亚总督。这种学说成为了官方说法："若使一个人不得不通过工作来洗净他所发下的茅茅誓言，这人就有康复的可能。"①

问题是，病人并不想摆脱他们的疾病。他们是政治犯，不是奴隶，这些人如此宣称。但对于囚禁他们的英国人来说，俘虏、奴隶与原住民都是一回事。基督教没能成功改造肯尼亚原住民蒙昧的灵魂。通过外科手术进行道德改造是有必要的，而这一哲学理念的实施者则是当时的监狱管理局局长约翰·考恩。恶名昭著的霍

---

① 弗兰克·德里克·科菲尔德著，《历史调查：茅茅的起源与发展》（伦敦，女王皇家文书出版署，1960年出版），奉女王陛下之命，由殖民地国务大臣于1960年5月呈给国会。——作者注

拉案便是一次实验。

霍拉是位于肯尼亚东部加里萨的一处集中营。那里关押着被捕的土地与自由军(茅茅)中被视为死硬派的俘虏,英国人以此定性那些在反抗整个集中营系统及英国的殖民统治中最为坚定的人。他们为自己的愤懑发声。他们拒绝为那些灌溉方案做强制性工作,并要求被当作政治犯而非奴隶对待。他们要求更好的食物和医护待遇。

考恩的计划在1959年3月3日付诸实施。约有百名土地与自由军政治犯被选作实验对象,通过强制劳动施以道德改造。两位高级警官:典狱长迈克尔·苏利文及其副手沃特·库茨监督这一行动的实施,不惜"以有人受伤或被杀为代价①"。在日后被称为"霍拉惨案"的事件中,十一人被打死,数十人受伤。

恐怖!恐怖!就连康拉德②笔下的库尔兹都能体会到他在《黑暗的心》中所铸就的恐怖。但在殖民主义政权看来,霍拉事件中真正的恐怖在于被抓住犯下暴行。狱卒没能谨慎行事:"如果我们要犯罪,就得悄悄进行。"③这一建议来自于首席检察官艾瑞克·格里菲斯-琼斯于1957年写给其上司——总督艾弗林·巴林的信中。一手谋划了掩盖手段的巴林时年五十六岁,是银行家族的后裔。一年后,他从这英勇的磨难中脱颖而出,成为第一代格兰岱尔的豪威克男爵,并受封嘉德勋爵士、大十字勋爵士和皇室维多

---

① 霍拉营,肯尼亚,报告,英国国会,下议院辩论,1959年7月27日,《英国国会议事录》(经编辑的国会辩论记录),第610卷,第181至262列,http://hansard.millbanksystems.com/commons/1959/jul/27/hola-camp-kenya-report(于2015年7月9日访问)。——作者注
② 约瑟夫·康拉德(Joseph Conrad,1857—1924),英籍波兰小说家。《黑暗的心》写于1899年,是一部探讨殖民主义的航海小说。
③ 引自2012年4月18日的《卫报》。——作者注

利亚高级勋爵士。他的官僚下属们自上而下接受指示，统一圆谎口径：受害者们喝了受污染的水，很可能是得了坏血病。至于所受的伤？那些英国施刑者是受过训练、信仰基督教的外科医生，他们杀人是为了治疗，不是致死。事实上，那些人并非死于伤痕和破碎的头颅。在随后的一场听证会上，酷刑的监督者之一——沃特·库茨——总结道：这些人是自愿死亡的。那位温柔的丹麦男爵夫人布里克森说过，这种事是会发生在野性生物身上的。

这套理论曾成功掩盖了无数此类事件，却没能掩盖1959年3月3日发生的霍拉惨案。这一事件在英国成为国会辩论的主题。就连伦敦政府也承认了英国官员的所为。编造出"受污染的水"这一谎言的总督巴林最终也被迫承认，那些伤是来自用于进行"改造"的重棒、警棍和靴子。但肯尼亚人民无须辩论就知道发生了什么。生活在肯尼亚中部的每个家庭，几乎都有一位亲戚或邻居被定性为"死硬派"。

我家就有一个这样的人。他名叫吉希尼·恩古吉，是我的叔叔。我在第一所小学——卡曼杜拉上学期间受他关照。他比我年长，辍学在殖民地求生，和我哥哥、人称"好人华莱士"的姆旺吉曾因试图为土地与自由军的游击战士弄子弹而被捕。好人华莱士逃到了山中①。吉希尼因为年轻免受死刑，被关在集中营里。如其他成百上千号人一样，他不接受自己受危险想法困扰、需要治疗的说法。他被定性为死硬派，但并不在那十一个被打死的人之列。

在威廉·莎士比亚的作品中，麦克白杀死国王班柯②后，麦克白夫人把心烦意乱的丈夫引到床上，向他保证："一点点的水就可

---

① 关于好人华莱士的故事，参见《战时梦》（纽约，Anchor出版社，2011年出版）和《中学史》（纽约，Anchor出版社，2015年出版）。——作者注
② 引自朱生豪译本，此处应为国王邓肯。

以替我们泯除痕迹;不是很容易的事吗"[1]?麦克白夫妇企图用一点点水洗去他们的罪证,而殖民政府则想要通过把事发镇的名字从霍拉改为葛洛来清除罪证。原本简单的事变复杂了:霍拉惨案揭开了殖民地以法律、秩序与文明为装点,展现给世界的假面。政府仍想继续如此,好像一点点水真能洗净他们手上的鲜血。

但霍拉事件确实标志着某种进展。4月14日,反殖民主义抗争的政治领袖乔莫·肯雅塔自1952年因指挥茅茅的罪名在劳基唐服刑八年后,被转移到了洛德沃尔。这一进步是否预示着改变即将来临?政府的姿态取代了霍拉惨案,登上报纸头条,但并未终止纠缠这片土地的恐怖与噩梦。

二

这噩梦的具象化体现是一个人物,有点像童稚故事中的妖怪,却是真实存在的英国白人,就连大人们也怕他。他无处不在,能在同一时间出现在不同地点,是一个凶猛的恶魔,自行其道。

无人知道他真正的英文名。大家都称他作威缇纳,把他与指挥行政警察和地方军的白人军官相提并论。

地方军是英国人创立的一股低薪后备战斗力,由当地人组成。1953年1月,少将威廉·鲁尼·欣德爵士将地方军划归在地方官员之下,后者是由白人部署在各地区的最低级行政官员。就这样,欣德为自己建立了一支不受常规军指挥的义警军队。如果地方官员是凌驾于法律之外的执法者,那么威缇纳究竟是这些人的统称,

---

[1] 威廉·莎士比亚著,《麦克白》,托马斯·马克·帕罗特编(纽约:美国图书公司,1904年出版),第二幕第二场,第83至84行,可在莎士比亚在线网阅读,www.shakespeareonline.com/plays/macbeth_2_2.html。——作者注

还是仅指地方官员的手下？

显然，威缇纳并不是地方官员或英国士兵的统称。英国士兵被称为恩琼尼，意为大兵，而地区官员则被叫作恩丢，是前者的简称。谜题的答案在于威缇纳这绰号，有时会被译为"大屁股的人"，但直译过来其实是"屁眼的家属"或"肛门的亲戚"。威缇纳是指一个强奸男人或女人的白人上司。人们用这个词称呼鸡奸者，很可能是地方官员或警察，这些人遍布肯尼亚的每一个地区。

强奸是一种战争武器，它是罪过，但只要罪犯悄悄行事，受害者又因备受创伤而无法将所受侵害公之于众，又有谁在乎呢？但受害者可以通过威缇纳这个统称来警示他人。

传说，无处不在、凌驾于法律之外的执法者威缇纳，会收集受害者的肢体：手、耳、眼或男性生殖器。也人有说，是他的下属把这些部位装在篮子甚至是麻袋里带给他。这是猎杀的证明，人们说，但也有暗示他对这些肢体做了更邪恶的事。

收集肢体作为猎杀证明的行为不仅存在于白人威缇纳——不论他是谁——当中。几年后，英王非洲步枪队中一名来自乌干达的黑人士兵脱颖而出，不是以其六英尺四英寸的身高，而是凭他时常献给其英军长官的肢体数量。他从不留活口，对他来说，那些被砍下的头颅比他们可能供出的信息更珍贵。他对付土地与自由军士兵或疑犯的狂热使其受到迅速提拔，从列兵升为下士，又升到中士。他的名字是伊迪·阿明。1959 年，英军把他从肯尼亚调回了乌干达。

此前三年，另一个在 1950 年去往肯尼亚的乌干达人回来了，他曾因参与反殖民主义活动而被麦克雷雷大学开除。他名叫阿波罗·奥博特。在肯尼亚，此人一路从茂林建筑公司的工人，变为一家石油公司的推销员，又与工会合作，最终在 1956 年回到故乡，加入反殖民主义的乌干达国家大会党。

议会党由伊格内修斯·穆萨兹成立于1952年,此前,乌干达农民联盟在1949年遭到取缔。联盟被控于同年组织暴乱活动,不满的原因之一是亚洲人对轧棉产业的垄断。这一事件也许是1958年巴干达人联合抵制亚洲商店的部分导火索,此时,那位反英的麦克雷雷学子归乡已有两年,而距那个亲英军人回到乌干达还有一年。

两人的人生轨迹如影随形。伊迪·阿明·达达于1925年8月出生在乌干达北部尼西罗河地区的科博科;奥博特则生于1925年12月乌干达北部兰戈地区的艾科科罗。兰戈地区与西尼罗河为邻。两人都在肯尼亚工作,却为对立双方效力:奥博特是支持土地与自由军的肯尼亚非洲联盟中的一员,而阿明则加入了和土地与自由军展开对抗的英军。两个在肯尼亚的经历截然不同的人大约同时回到乌干达。

1959年,伊迪·阿明再次受到提拔,升为准尉,这是当时非洲人在英军中享有的最高军衔。同年,奥博特从乌干达国家大会党分裂出去,成立了更激进的乌干达人民大会党。

这一年,世界舞台上或许发生了比这更激动人心的事件:古巴的巴蒂斯塔遭到驱逐,菲德尔·卡斯特罗崛起;夏威夷正式成为美国第五十个州;利基夫妇在坦桑尼亚的奥杜威峡谷发现了人类祖先——东非人历经数百万年的头骨;夏尔·戴高乐在法国逐步掌权,为阿尔及利亚的政治问题犯难。但对于我——一个来自肯尼亚的英属殖民地臣民来说,这是我在邻国——英国的保护国乌干达登上开往麦克雷雷的火车的那一年。当然,两国都是殖民地。只不过,我的国家是一片伤痕累累的土地,而乌干达尽管遭到剥削,却并未受到白人殖民领地的侵害。

第三章　红与黑

一

那是1959年6月末,一切有如梦幻。我在利穆鲁登上火车,四年前,在同一个车站,我曾因被官员拦下、不许我登上开往联盟中学的火车而洒下绝望的泪水,因为我没有前往另一个地区的许可证,根据当时管理非洲人民在国内出行的戒严令,这是必须的。四年后的如今,我登上另一趟火车,它的目的地不是国内的某一地区,而是相邻的领地。和过去一样,我母亲依旧是我的精神支柱。自从十二年前送我进学校起,她就希望我能走出去,看看外面的世界。

我要离开的肯尼亚充满恐怖与动荡,但这个国家也承载着我私人的梦想与渴望。在许多前来送行的人中有米奈·恩扬布拉,她蕴含笑意的双眼让我的心跳得如此剧烈,我觉得身边的人都能听到那响声。大约一周前,我们已秘密地立下灵魂契约。

二

7月1日,我从私人梦想与集体噩梦的交织中醒来,行进列车①的鸣笛声如同在我脑海中呼喊着:逃脱,终于逃脱了。在之前的火车旅行中,我坐的都是三等车厢,从家乡利穆鲁去往位于吉库尤的高中。现在,我坐在二等车厢里,从已知去往未知,而后者比前者感觉更为友好。再说,我还有其他曾在联盟中学就读的同学做伴。

其中一些人和我一样,认为大学是个梦之所在,但那些先于我们从联盟中学毕业、已在麦克雷雷就读的人,则似乎迫不及待地想向新生展示他们体验过的大学生活。酒精是一项通过仪式,标志着从中学的青涩走向大学的成熟。从某种程度而言,这转变十分惊人。那些在联盟中学时虔诚的模范生带着酒场老手的漫不经心拧开啤酒瓶,

他们的行为带有几分表演的成分,这一序幕给人以入乡随俗的压力。很快,他们显然不再满足于向我们展示,刚上大学不到一年,他们就把高中生活抛在了身后;而似乎更为迫切地想借此在二等客车车厢中的机会,来启蒙我们这些新手领悟生活真谛。

他们把啤酒分给大家,一些新生迫不及待地喝干了杯中酒。我从未喝过酿造啤酒,唯一尝过的是家造的木拉提纳,一种以蜂蜜和酵母制成的酒。我拒绝了他们递过来的酒。就尝一口,其中一个人劝道。恩吉亥在联盟中学时比我高一年级,但现在却表现得

---

① 参见《战时梦》(纽约,Anchor 出版社,2011 年出版)和《中学史》(纽约,Anchor 出版社,2015 年出版)。——作者注

如同上了一年大学后,他就看到了真理之光,肩负着将我从柏拉图的地穴①中拯救出来的使命。我越是拒绝领略酒精的好处,恩吉亥便越是坚持,变着法赞扬啤酒——酒沫在他的上唇留下一撇白胡子,嘲笑我假装天真,指责我想要显得比他们更圣洁。你已经走出学校,不再是凯里·弗朗西斯校长翼下的小婴孩了。我拒不让步,连酒杯都不碰一下。

惊讶于我的不断抗拒,恩吉亥突然从座位上站起身来,企图给我灌酒。酒洒了我一身。事件突然升级为肢体冲突。其他人把我们拉开了。作为一个即将上大学的学生,这不是体验二等车厢旅途最为愉快的方式,但我很高兴自己坚持了立场。我母亲教育我,要能承受住同辈人的压力,不在怂恿之下做那些令我厌恶的事。日后,这种品质将助我无视屈从于大众潮流的压力,支持我认为正确的事。后来,我在大学里喝酒是为了满足社交需要,而非向我的同辈证明什么。

不用再参与酒精闹剧的我坐在窗边,向外望去。窗外是一片正在不断消逝的景色。那是一组组色彩、大小和形状皆变化多端的风景画卷,从山丘、峡谷、岩石、灌木、森林到向外延展的白人殖民者牧场、麦田和咖啡种植园。

我猛然意识到,正是这条铁路将这片富饶而多姿的土地向白人殖民地打开。从利穆鲁途经纳库鲁和埃尔多雷特,一路到达肯尼亚与乌干达边境,那些我们经过的车站和村镇是随着1899年到1903年间修成的铁路线建起来的。铁路建设的支持者和反对者都洒下了鲜血。在科沃泰罗尔的领导下,南迪人对修建铁路线所

---

① 典出柏拉图的《理想国》,用于比喻未受过真正教育、不愿面对真实世界者的蒙昧状态。

发起的反抗,以及殖民军队对反抗的镇压,都是如今土地与自由军所领导的武装斗争的先兆,我哥哥好人华莱士和叔叔吉希尼·恩古吉也参与其中。铁路所带来的曼延曲折的山脉、咖啡园和麦田既是白人存在的证明,亦高声诉说着非洲的损失。我从中获益的这段历史也是否决我自身历史的存在。

在边城托罗罗,我们跨过边境,一侧是恐怖缠身的肯尼亚,另一侧则类似于应许之地。

三

甚至在我们进入乌干达边境后,那片土地似乎也笼罩在光晕之中。利穆鲁和凯里乔修剪整齐的茶园景色被咖啡和香蕉树所取代,它们似乎在野外自由生长,却硕果累累。我们眼前这一片翠色都归非洲人所有,未经修饰的繁茂热带丽景令人屏息赞叹。

当温斯顿·丘吉尔在1908年第一次来到非洲,并最终离开肯尼亚争吵不休的英国殖民地,来到受英国保护的非洲王国时,迎接他的一定也是这般景色:"乌干达彻头彻尾是一座'美丽的花园',在这里,人们的'主食'几乎无须人力就能自然生长……这听起来难道不像是人间天堂吗?"[1]总而言之:"这片土地是(非洲的)一颗明珠。"[2]

我眼中这片野生的苍翠唯一一次中断,是途经金贾时,印度曼德希文尼人的甘蔗种植园。但透过二等车厢的窗户,就连它们看

---

[1] 温斯顿·丘吉尔著,《我的非洲之行》(多伦多,威廉·布里格斯出版社,1909年出版),第5章,第88至89页,https://archive.org/details/myafricanjourney-00churuoft。——作者注

[2] 同上,第10章,第197页。——作者注

来也像是在风中起舞的绿色叶片。这也是我第一次见到由印度人所有并管理的种植园。在肯尼亚,法律规定,印度人禁止拥有土地,尽管他们帮助修建了从蒙巴萨岛到坎帕拉的铁路。但在乌干达,正如印度曼德希文尼人所证明的那样,情况有所不同。甘蔗园过去后,茂盛的热带景观再次映入眼帘,延续了丘吉尔笔下美丽的花园景色。

丘吉尔抹除了乌干达土地上人类的存在。但五十年后,当我从花园景色中回到城市,站在基布里的火车站台上时,看到的是熙熙攘攘的黑人,贩卖煮香蕉、马铃薯和落花生,这些作物显然是在自己的土地上亲手种出来的。街上大多是穿着随风飘展的布苏缇长裙①的巴干达黑人妇女,以及身着白色康祖长袍或普通西式服装的男人。城市街道两侧,印度人站在他们的店铺门口,这一景象更为我的所见增光添彩:黑人们像主人而非陌生人一般走在城里。肯尼亚的城市与乡镇总透出种族隔离的紧张气氛。在这里,城市居民中的种族融合似乎更为自然,特别是亚洲人和非洲人。看不出之前一年贸易抵制留下的影响。就连在个别的几个白人中,也不见携带武器、趾高气扬的肯尼亚殖民者的踪影。

这是我第一次来到一座黑人居多的现代城市,这景象莫名地鼓舞人心。从更私人的角度讲,我终于来到了一个国家的首都,而很久以前,和着从坎帕拉开往巴干达王国的火车车轮撞击铁轨的声响,我曾为它高唱"到乌干达去"。

几年后,这趟火车和它发出的声响仍回荡在我小说的篇章中,特别是在《一粒麦种》里。事实是,建造于十九世纪九十年代——帝国争夺非洲最激烈的时刻,这条铁路深刻影响了这一地区的经

---

① 与下文的康祖长袍均为乌干达人的传统服装。

济、政治、文化和生活,与东非现代史密不可分。作为大英帝国野心的产物,这列火车将我载往我梦想中的城市。

从旺底吉亚开出的大巴缓缓爬上《圣经》中造在山上的城①,不过这座城近在眼前,且有着真实的名字:麦克雷雷大学。

四

在麦克雷雷山上迎接我们的是红色,风中飘扬的红色。校园的每一条路上都站着身穿红色长袍的学生。我被分到罗富国楼住宿,就连那里,也有穿红衣的学生同我打招呼。此楼在1952年竣工时以杰弗里·罗富国爵士命名,他曾任香港总督,直到1948年去世,一直担任大学理事会主席。

比起位于吉库尤的联盟中学——我在过去的四年中在那里就读,麦克雷雷的校园要大得多。但占领视野的是红色长袍,而非建筑物。偶尔,红色海洋中会有几件黑袍一闪而过,但十分少见。黑色长袍是教授的标志,他们被称为讲师。对于我,红与黑均象征着学习本身。

有那么几天,我们这些穿着便服的新生,身上的每一寸都透露出局外人的气息,标志我们是觊觎着求学宝座的不学无术者。但不早不晚,我们也得到了自己的红色长袍。那感觉很棒,包裹在红色中的学识终于降临到我们身上。

不,没那么快,一些学长告诉我们。我们还没有加入受拣选的神圣群体。我们还没发下誓言。

---

① 典出《圣经·马太福音》五章十四节:"你们是世上的光。城造在山上是不能隐藏的。"

麦克雷雷大学主楼前的穿红袍的学生。图片来源：麦克雷雷大学

誓言？对身为肯尼亚人的我来说，这个词让我联想到死亡、毁灭和霍拉惨案。我忆起自己与肯尼亚紧急状态法案的武装执法者们打交道的经历，向他们证明自己没有发下效忠土地与自由军的誓言。但成千上万的人为了土地与自由立誓，并为此，或仅仅因为受到怀疑，仍在集中营里受煎熬。乔莫·肯雅塔和其他卡彭古里

亚五人组①中的四人被判犯有指挥茅茅并主持宣誓仪式的罪过,虽已服完刑期,却仍被关押在洛德沃尔。就在四个月前,霍拉镇的十一人被打死,因为他们拒绝承认发下誓言。而这里,在麦克雷雷这学识的高位之上,他们告诉我,除非我发誓,否则不能成为受拣选的一员。

就连英国女王、法官和高级军官都曾宣誓就职,有人解释道。是的,是的,但他们中没有人因此被关进监狱或割断肢体。

令人畏惧的宣誓仪式原来是件盛事,新生们身着红袍,从校园四角涌入主礼堂,呈现出耐人寻味的视觉分割。穿红袍的全是非洲人和亚洲人,而穿黑袍的差不多都是白种欧洲人。穿黑袍的白人站在前面的讲台上,穿红袍的黑人则站在地板上面向他们。

学院教务长保罗·沃尔斯先生主持了宣誓仪式。"我承诺追寻真理,勤奋学习;服从校长,绝无违背;恪守校规。"这是一段简单的话,而我们以宣读宗教誓言的庄重语气随他重复着。几句准备词后,仪式就结束了。但这誓言依旧在我脑海中回响:追寻真理。

真理是什么?爱开玩笑的彼拉多问,不等人回答就走。这是我日后在英语课上,从弗朗西斯·培根的《论真理》一文中读到的。在联盟中学,真理一词总围绕在我们身边。在那里,它更像是一种前提,我们只要接受就行了。事实上,我们只需跪在十字架前,就能拥有它。不,不是拥有它,而是让它支配我们,这是一种文明的精神附身。唯一真理,恒久不变,永世存在。这真理是依附于信仰而存在的。

---

① 与肯雅塔一起受审并入狱的政客有:保罗·恩盖、比勒达·卡基亚、昆古·卡伦巴和弗雷德·库柏。第五人是阿钦·欧尼可,他被关押在别处。——作者注

我们刚刚承诺追寻的那种真理似乎与之不同,它是一个过程,同我后来在亚里士多德的著作中读到的更为相似:"世人固未尝有直入真理之堂奥,然人各有所见,迨集思广益,常能得其旨归,个别的微旨,似若有神而终嫌渺小,或且茫然若失,但既久既众而验之,自古迄今,智慧之累积可也正不少了。"①

如果我读到过以下事件,或许当时的反应会有所不同:乔尔丹诺·布鲁诺因持有与罗马天主教信仰相左的看法,在1600年2月17日被烧死在火刑柱上;二十岁的苏格兰学生托马斯·艾肯海德因信仰与基督教长老会不同的真理,于1697年1月8日被绞死。

但在此时,这是令人兴奋的,就好像在一片只有唯一真理——殖民者的真理——的土地上生活已久后,我终于有权提出疑问,并为人类的知识库做出贡献。

五

虽然也有其他形式、以社交为主题的通过仪式,但都无法与我在罗富国楼社交晚会上度过的第一晚相提并论。我后来得知,各宿舍楼组织社交活动的时间不同。我以为那会是某种形式的餐后聚会,学生们一起打打牌,下国际象棋或跳棋,玩玩台球;或者是一场音乐晚会,大家讲笑话,演故事。我应该问问学长们,但也无助于我为那晚做好准备。

首先燃起热烈气氛的是看到食堂变成了舞场,更别提平时是高台的地方搭起了舞台,台上有一支现场乐队。原来,每次社交活

---

① 亚里士多德著,《形而上学》,W. D. 罗斯译,第二卷第一部 *http://classics.mit.edu/Aristotle/metaphysics.2.ii.html*。——作者注;译文引自"汉译世界学术名著丛书",吴寿彭译。

动都会有现场音乐伴奏,这一职责常由彼得·纳泽瑞斯的乐队包办。乐队成员是那些自己能买得起乐器的学生,起初以猫王的歌《泰迪熊》为名,最终定为"麦克雷雷爵士乐队"。遵照爵士乐的传统,他们勇于创新,除现有的乐器外,又在茶叶箱上绑了根扫把柄和电线,做成贝司——这主意是他们从早期爵士乐手那里学来的。不过那一晚,罗富国楼请来了镇上的一支乐队。

罗富国楼的住宿生全是男生,他们最早到来,其中有人穿着三件套西装,所有人都系了领带或领结,三两成群。接着,激动人心的事发生了。大巴载着女士们到来,她们结队而入,大多是来自穆拉戈和门戈医院的护士。我后来发现,这种模式年复一年,从未改变,只是随着往届学子毕业,乐手换成了新生。女士们租车前来,度过舞会,再给接回她们在医院的住所。别被骗了:她们穿的并不是护士的白色制服,空气中弥漫的也不是医院里的药水味。

在联盟中学,能稍与这迷人景象相媲美的,是草坪上的苏格兰乡村舞。在村子里,来跳舞的都是男人,场地是他们每日居住的棚屋,煤油灯洒下昏暗光线,灰尘四起,很少有女人敢在夜晚到这等地方来。一把吉他,一两个唱歌的人就是全部音乐。男人们会成对起舞,但大多都独自摇摆,步法比舞厅里的猫步更像特技动作。而现在,在山上,在麦克雷雷山上,是这样一番景象!

> 门戈与穆拉戈来的女士们,脚蹬高跟鞋
> 身穿半袖或无袖的低胸裙
> 还有缀亮珠的短裙
> 颈上佩戴璀璨珠宝
> 西装男士们笑容满面
> 把她们拥在怀里,跳起华尔兹、探戈和狐步舞
> 哦,一对对庄重的舞伴,优雅起舞

每跳完一曲,男士们会把他们迷人的舞伴领回座位,座椅靠着四面墙排列。他们分组站立,静候下一支舞曲。接着,组队突然散开,人们纷纷走向墙边,邀请另一位女士做下一曲的舞伴。

我们这些新生也或站或坐,聚在一起观看,互相怂恿对方率先行动。女士们似乎从不会拒绝,她们作为共同的客人,都是来跳舞的,而我们作为共同的主人,为何不行使职责呢?要好一会儿,才有新生鼓足勇气,来到充满魅力的客人面前。第一个打破自定禁令的人成功了,这给其他人壮了胆。

我没有考虑到的是,我的鼻子为香水的馥郁而迷醉,双眼也受到低胸领口上露出部分的诱惑。我努力抵抗想要站定盯着看的欲望。就这样,我没能跟上本来就一无所知的舞步,反而很快踩上了我舞伴的脚。一曲终了,她没等我送她回座位就走开了。后来,我们这些新生探讨心得时,我惊奇地发现,我们的经历大同小异。踩了舞伴的脚是共同主题,还有那种尴尬:当我们再次邀请之前的舞伴共舞时,她们冷眼瞪着我们,或轻轻摇头,或突然垂下目光,还有人活灵活现地向她们旁边的同伴复述我们的窘相!显然,我们都受困于同样的毛病。学长们向我们传授解决办法:麦克雷雷舞厅舞蹈社。

在山上所有的俱乐部和社团之中,以舞蹈社成员人数最多。最棒的活动是学长提供给新人们的舞蹈课。我发现,这些舞步跟我们村里随心所欲的跳舞方式不同。从仪态、站位站姿,到向左、右、前踏出的步数,都显示是一个十分正规的活动。刚开始,我们用枕头练习,假装搂着的是自己的舞伴。随后是成对练习,一人扮演领舞者,另一人随之起舞。最终,我们准备好接受对舞技的第一次检验了。

活动由舞蹈社组织,在主礼堂举行,向所有人开放。从任何角度讲,此次活动都比各楼所举办过的聚会更加盛大,也更令人生畏。这回,女士们来自各种女性机构,大多是坎帕拉地区及附近的医院,还有教员。许多夫妻结伴而来,也有带女友的。座位全设在舞厅室外。我作为舞蹈社毕业学员所跳的第一场舞,也是对心理素质和步法的考验。舞池再次被华尔兹、探戈和狐步舞占领。学会避免踩同伴的脚后,跳舞变得愉快多了:

> 桑巴舞曲猛然响起,抑或是摇滚
> 肃穆的舞伴活跃起来
> 但最终征服
> 麦克雷雷舞厅舞蹈社会场的
> 是来自刚果的林加拉舞曲
> 人们摇摆、滑行,如飞鸟振翅
> 就要脱离引力,飞向自由

就算是此时,也还有新东西可学。如果多于三位女士同坐一桌,而其中一位拒绝与你共舞,就别再邀请下一位了,她一定也会说不的。你得去离受拒处最远的那一桌再碰碰运气。不是针对谁,只是群体互动原理使然。

掌握了社交晚会的礼节,并摸透麦克雷雷舞厅的内情后,检验一个人胆量的时刻到来了:逛夜店,早先是门戈附近的顶级生活,后来改为内库拉拜的苏珊娜。社交晚会只限宿舍楼的会员参与,舞蹈社舞会引来山上和别处的精英人群,但夜店会集了来自各个阶层的人,从麦克雷雷到市区,从有伴的到独身的。那里的常驻或来访乐队人数更多,乐器种类也齐全。霓虹灯更增添了亲密、神秘与奇妙的氛围。这才是真正的狂欢:

> 小号奏响胜利的音符

萨克斯音调活泼迷人
还有铙钹、钢琴和木琴
葫芦作响,鼓声隆隆
吉他琴弦从低到高奏出惊喜乐章
号角与单簧管余音绕梁
急管繁弦,竞相吟唱
独奏不时响起
有的领奏,有的和声
又汇集在一处,抑扬顿挫

乐声的俘虏们聚在舞池中
以欲望为翅,他们流汗摇摆,心醉神迷
哦哦再踏进一步
哦哦哦这舞步不能停
哦哦哦哦哦哦哦哦

香烟混合着陈酒味道
包围角落里低吟的人

但很快一切归于寂静,是不是太快了
不情愿的众人拖着松懈的身体荡回座位
大笑、喊叫、细语、喝酒
满心期待下一轮声音的合奏

　　周五或周六晚上最适合逛夜店。你有整个周日可以从宿醉中恢复过来,而对于那些信教的人,也有时间去礼拜堂,为自己在醉酒的影响下所犯的罪过寻求宽恕。

六

我们发誓保持的追求真理的精神,教员们似乎也是支持的。他们鼓励我们持有自己的观点,而不是照搬他们的,或是忠实复述书本上读来的。这就是大学和高中的区别,他们补充道。中学教育是填鸭式的,而在大学里,你得自主学习。

我无须说教,认真看待发下的誓言,它影响了我对待书本和课程的态度。我根据自己定下的标准,而非得到的分数来评价自己。这不难,不过是重述了我母亲的问题:这是最好的吗?不同的是,我现在发过誓要寻求理想,追随真理,不管在通往卓越的路上它将我引向何方。

但在第一年中,我就很快发现,不是每位教员都对这条寻求之路持这等乐观看法。第一年,我主修历史、英文和经济,并选修了宗教研究。我曾断断续续地爱读《圣经》,在这本书里,布莱克[①]笔下天堂与地狱在恐惧与希望的交织中合为一体。同时我也希望,这门课是对宗教的综合研究,包括非洲和东方的信仰在内。

山上的主流宗教是基督教,分为天主教徒和新教徒。也有很少的几个穆斯林教徒,他们做礼拜时得借场地。这里有两位神职人员和两座礼拜堂:主持圣方济各堂的是丹尼斯·佩恩牧师,主持圣奥古斯丁堂的是保罗·福斯特神父。佩恩笃信英国国教,但服务于所有新教徒;而归属本笃会的保罗神父则服侍全部罗马天主教徒。两人个性截然不同:佩恩腼腆、狡黠、好争辩,但看似谦卑;

[①] 威廉·布莱克(William Blake,1757—1827),英国诗人、版画家、基督徒。作品充满神秘的宗教色彩。

福斯特敏捷、和蔼、浮夸,但看似善解人意。

宗教研究课结果却只研究基督教。学术讲座由本笃会的天主教神父和英国国教牧师共同主持。在讲到宗教改革时,"谦卑的"佩恩首先表现出在学术知识上的不容异见。他提到了马丁·路德①钉在教堂门上的九十五条论纲,其中批判了滥用赎罪券和其他恶习,当然也提到了反宗教改革和1545年的天特会议。

我已受洗成为苏格兰宗的新教徒,但佩恩关于宗教改革的讲座结束后,在讨论中我说道,证据表明,罗马天主教廷的主张似乎是正确的。对圣公会来说,怎么能让一名政客或国王(就英国国教而言,是女王)成为宗教机构的最高领导人呢?让教皇来统领军队、女眷和王室也有先例。至少在我看来,这显然是一个不断把政治和宗教混为一谈的例子,正是这种做法让那些新教改革的发起者怒不可遏。我不是在偏袒哪一方,但我们这是在大学里,大家都发誓要追寻真理,不是吗?而且,这只是学术辩论,对吧?佩恩牧师可不这么想。他终止了讨论,开始进行布道,说一个人只要愿意,就能成为天主教徒,他和本笃会的神父已经商定好了一套程序。我并没有告诉他说我要改变宗教信仰。

他的态度让我想起,我在联盟中学的一位老师也曾有类似的反应。当时他宣称,耶稣使用的语言是基础的英语,而我却指出,耶稣说的是阿拉姆语②。他对此反应很不友善。我不喜欢联盟中学的史密斯先生,但无法退掉他的课。在学校里,所有的课程都是必修的,所授科目也是固定的。但我在大学里为了一门选修课也得忍受吗?我再也没有回到佩恩的课堂上。那是我第一次行使自

---

① 马丁·路德(Martin Luther,1483—1546),十六世纪欧洲宗教改革的倡导者,基督教新教路德宗的创始人。
② 公元前九世纪古叙利亚的通用语。

己的学术和信仰自由,感觉不错。

　　三年后,轮到和蔼而浮夸的福斯特走出柏拉图的著作,显露自己真正的种族观念。他并未将其狭隘的世界观限制在课堂上,显然,他的这些观点并未体现在其关于希腊哲思的讲座中,又或者被在他社交上的浮夸掩盖了。但在其1962年所著的《白人要离开》——此书在英国出版后,受到评论界的适度赞誉——中,这种观点暴露无遗。就好像他读了卡罗瑟斯和卡特莱特的著作,并把他们的奇异能力——黑人读心术一并吸收了一样,福斯特讲述了有关他非洲学生的可笑故事:他们从来不能直截了当地回答一个简单的问题。你问的是树上的那只鸟,他们则会给你讲他家附近山上的一棵树。通过这种方式,他展示了自己的观点:非洲人不懂得逻辑和理性。那些崇拜他的学生把他视为一位自由、开明、心胸宽广的思想家和写作者,十分喜爱非洲这片土地与其上居住的人民。他们读到福斯特对自己的看法后,都伤了感情,无比愤怒。他们把福斯特当作一个人类同胞友好对待,他却以人类学探究的目光把他们看作是黑人研究对象。

　　相较于腼腆、狡黠、爱争辩却对难题避而不答的佩恩,以及把朋友和敌人都蒙在鼓里的福斯特,弗雷德·威尔伯恩牧师与他们形成鲜明对比,以其对待学生和教员的友好得体而著称。威尔伯恩是米歇尔楼的学监,1948年成为麦克雷雷的物理学讲师,作为圣方济各堂的第一位牧师,也负责治愈新教徒们的灵魂。他如同一个从格雷厄姆·格林①笔下走出的人物。就连他的穿衣品位——身穿巴干达人的康祖长袍,脚蹬凉鞋——也挑战着殖民地

---

① 格雷厄姆·格林(Graham Greene,1904—1991),二十世纪英国小说家,1967年获诺贝尔文学奖提名,其作品从天主教徒的角度探讨了当今世界充满矛盾的政治和道德问题。

对正统神职人员的固有看法。他对所有话题都持开放性态度,甚至是在宗教问题上亦是如此。威尔伯恩致力于研究非洲人的宗教信仰,而这一点再次冒犯了对传统神职人员的看法。他怎么能把恶魔崇拜称为宗教呢?更别提花时间研究它了。但他本质上仍是个基督徒。在被派往麦克雷雷时,伦敦传教会召见了他,命令他要让全国皈依基督教。我未曾有幸上过威尔伯恩的课,但和所有人一样,听说过他。他是一个背负自由使命的传教士。

很快,我在经济课堂上发现,学术上的不容异见和思想狭隘并不仅限于礼拜堂里和神职人员身上。经济学分为两部分:理论和历史。教经济史的西里尔·欧立希博士是个矮个子,头上有一块锃亮的马蹄铁形斑秃。每堂课的前二十分钟,他都会反复提醒我们有多智力低下,千万不能自满。"就因为来到了麦克雷雷,你们就觉得自己聪明得不得了?你们以为走进大学就无所不知了吗?你们什么都不懂!"然后,他会喋喋不休地讲述国外的大学有多高标准严要求。这种每日打击学生的行为比我在中学里忍受的一切还要糟。我觉得自己被困在欧立希的课堂上了。我不能退掉这门必修课,不然会得要命的"不及格"。第二年末会有被称为"初试"的期末考,任何一门课得了不及格都意味着我求学之路的终结。我迎难而上,虽然关于学术自由和真相的誓言让我期待着一个开放的社区,而这显然不是那么回事。

我从未在课堂上遇到和蔼的福斯特——那个黑人心理专家,所以对我来说,佩恩和欧立希是少数人而非常态。起码在英文和历史课上,我遇到了接纳不同观点的教员,但他们也明确指出,学习是一种训练而非一系列观点。这里有事实、证据、引用、逻辑、对比,当然也要把资料组织成条理清晰的论点。

经济课上的埃米尔·雷多是另一个极端的代表。在我读大学的最后一年,他成立了一个半公开的十三人社团,成员有教员也有学生,据称都独具天赋。成员人数必须保持在十三个。为什么是十三？我不明白。至少对英国人来说,这是个不吉利的数字。最近,我把此事和对这个数字的疑惑讲给儿子木寇玛,他认为这可能是袭自耶稣和他的十二门徒！雷多对我们这十二个追随者来说是耶稣吗？似乎并非如此,因为成员在离开麦克雷雷后就被视为自动退出社团,包括创始人在内。剩下的成员会从教员和学生里选出一位合适的继任者。还是十三人,但人员组成不同了。除了排外的保密制度,社团讨论的话题和深度在我看来并无特别之处,至少与那些非专属聚会上盛行的讨论并无二致。不过,那是我读大学的最后一年。

一直鼓励我们持有不同观点的是抽烟斗的彼得·戴恩。他的另一个特点是文本精读。讲到狄更斯的《远大前程》时,他让书中人物变得活灵活现,特别是罪犯马格韦契。彼时,澳大利亚是英国的罪犯流放地,不良分子被驱逐到那里终了余生,永不能回到阿尔比恩的海岸,否则将面临逮捕,获罪入狱。戴恩对马格韦契的勾画感人至深,后者把皮普精心打造成一名绅士,并忍不住偷偷回来欣赏他创造的成果。戴恩无须言明,就能让我们从阶级排斥和帝国主义的角度分析这部小说。他拉近了狄更斯的作品与我们的距离。《远大前程》变成了大家的最爱,我们一群人都叫自己皮普。

第二年的期末初试后,我进入了三年制的英文荣誉课程,期待着继续跟随戴恩学习。但他从麦克雷雷消失了。后来,我听说他去了新西兰的奥克兰大学,这让我十分不解。他怎么能离开麦克雷雷——我们眼中这世上最使人梦寐以求的学府,去一个小岛呢？

后来，我曾两次与他重逢。第一次是1984年，我到他所在的奥克兰大学的罗柏礼堂进行演讲，后来这些演讲词集结成《摆脱殖民主义思想》一书，但我不记得当时我们有过对话了。第二次是2005年，同一所大学授予我荣誉博士学位时，戴恩是宣读赞词的嘉宾之一。他的发言中提到了四十年前在麦克雷雷的日子，那对他有特殊意义，是他第一次任职大学教授。

吃午餐时，我了解到一点引领他来到麦克雷雷任教的神奇人生旅途。戴恩在1921年生于柏林，父亲是德国人，母亲是犹太人。1939年，他逃离希特勒的统治，来到英国。二十世纪九十年代，这位年仅十八岁的青年作为敌国公民，被关在澳大利亚沃加沃加附近的一个拘留营里。战后，他回到英国，在那里遇到了加布丽埃尔·赫尔曼，在她的关爱滋养下重拾生机与信仰。两人于1945年成婚，在她的帮助下，戴恩在1956年从伦敦大学英语系毕业。五十年中，加布丽埃尔是他的命中挚爱，直到她因病去世。我在奥克兰第二次见到戴恩时，他已经退休，又重拾爱情，和一个毛利女人再婚，仍住在他们位于岛屿湾的家中。

午餐时，我不禁回想起我们在麦克雷雷时关于《远大前程》的课。我记起他讲述马格韦契时的魔法，但我也记得，他从未提起自己曾在澳大利亚逗留。这次见面让我意识到，自己对麦克雷雷时期的戴恩所知甚少。我一直以为他是英国人，一个生活中除了书还是书的学者。

虽然教员们以白人为主，但实际上来自不同文化背景。仅在英语系里，就有爱尔兰人艾伦和菲丽斯·沃纳，南非人D.D.斯图亚特、特雷弗·惠特克和默里·卡林，苏格兰人玛格丽特·麦克弗森，以及沉默寡言的英国人R.哈里斯。后来又来了同是英国人的大卫·库克和杰弗里·沃尔顿。

与戴恩的相遇使我回首自己初到麦克雷雷的岁月,想知道在黑色袍子、严肃面孔和分寸言语的掩盖下,那些教授可能背负着何等复杂的历史。为麦克雷雷撰写编年史的卡罗尔·齐柯曼最近告诉我,默里·卡林曾在北非参战,作为一名南非犹太人,鼓动他的是与纳粹斗争的愿望。一些亲纳粹的布尔人的学问一定也是一股强大的驱动力,然而,当我跟他学习 D. H. 劳伦斯的作品时,你无法从他莫测的表情中读出这份内心涌动。

> 有时我们戴上面具
> 不是为了欺骗
> 甚至不是为了遮挡阳光
> 而是为了抵御外界
> 避免来自往昔的阴影
> 我们戴上面具
> 为了更好地活着,跳起这场盛大的化装舞会

七

这些难以揣摩——至少就面部表情而言——之人中的一位,是校长伯纳德·德·本生。我们没跟他打过什么交道,只是偶尔在重要典礼上瞥见他一眼,因此他一直是个谜。但我觉得自己已经认识他了:他的名字让我想起学校实验室里用的本生灯,B. B. 这缩写既指代喷灯,也指代其创造者。他和十九世纪德国化学家罗伯特·本生(本生灯设计者)有亲戚关系吗?我不得而知。直到后来,我读了他写的自传《教育学探索》,才了解到他并非出生在德国,而是在剑桥附近。他毕业于牛津大学贝利奥尔学院,第一份重要的工作是在巴勒斯坦做教育局长——不是他从母亲那里听

说的、奥斯曼帝国的巴勒斯坦,而是英属巴勒斯坦托管地①:"战后的新一轮犹太移民潮在阿拉伯人和犹太人间挑起了无穷无尽的争端,犹太人从中欧与东欧的聚集区和集中营里蜂拥而至,看到的不只是贝尔福②所承诺的家园,更是一个犹太国家。"③

英国对巴勒斯坦的统治止于1948年5月15日,距此三个月后,他动身从耶路撒冷来到坎帕拉,先是任职资深讲师兼教育系主任,到我在麦克雷雷读书时,又成为校长。

处于另一极端的是一个我们都自认为熟知的人。休·丁威迪于1956年进入麦克雷雷英语系担任讲师。但他很少出现在课堂上,作为罗富国楼学监,他还有许多其他职责要履行。

罗富国楼④是六栋宿舍楼之一,其他几栋分别是男生住的米歇尔楼、新楼、利文斯敦楼和大学楼,以及女生住的玛丽·斯图亚特楼。除了用于组织学术活动的教室、系和学院,宿舍楼是学生生活的中心。在体育竞赛、社交活动、戏剧演出和学术成就等多种竞赛中,各楼塑造出自己独特的传统、文化与价值观。宿舍楼是个人身份的象征。

竞争对手间有时会以殖民者和被殖民者的词汇来表明各自的身份。新楼刚建成时,与资格更老的罗富国楼一并由一个学监管

---

① 十六世纪起,巴勒斯坦成为奥斯曼帝国的一部分。1920年,英国以约旦河为界,把巴勒斯坦分为东西两部分,东部称外约旦,西部仍称巴勒斯坦,为英国委任统治。
② 1917年11月2日,英国外交大臣A.J.贝尔福致函英国犹太复国主义者联盟副主席L.W.罗思柴尔德,表示英国国王支持犹太人在巴勒斯坦建立"民族之家"。这封信后来被称为"贝尔福宣言"。
③ 伯纳德·德·本生著,《教育学探索》(肯德尔,英国:泰特斯·威尔森出版社,1995年出版),第68页。——作者注
④ 如今,大学中有了许多其他宿舍楼,罗富国楼也更名为内库拉拜楼。——作者注

理。照当时的说法,新楼被称为罗富国楼的殖民地。两楼间的紧张关系体现在:新楼不断试图争取并维持独立,摆脱受罗富国楼殖民的阴影。

另一个"殖民故事"是关于米歇尔楼和大学楼的。米歇尔楼是最老的男生宿舍楼之一,在大学还是一所技术高中时,此楼是其中一座青年旅馆。大楼以在1934到1940年间任乌干达总督①的飞利浦·E.米歇尔命名,他支持大学的早期发展,并对其成为东非各领地高等教育的未来中心寄予厚望:"这里对所有学子一视同仁,无论贵贱。"②这一愿景在我就读于麦克雷雷时已经实现。老米歇尔楼象征着从中学到大学的延续。

由于米歇尔楼和其他分散各处的建筑间没有公用通道,从牛津和剑桥大学学来的新规矩实施起来不大有效:守门人或监管员于午夜关闭楼外各门,禁止外人半夜三更来访。守夜人仅配备一根木棒,无法把违反宵禁的学生全捉住。因此,米歇尔楼的住宿生们日夜都能自由行动。

米歇尔楼学生们的自由等于宣告了其他宿舍楼午夜后的"不自由"。在我们听说过的可怕故事中,有人在宵禁后试图爬上现代宿舍楼的高墙,罗富国楼有学生因此摔死了。看起来,现代化是要付出代价的,而米歇尔楼的学生们不愿接受这一点。

1962年,学校不得不关闭旧楼,新建一座现代米歇尔楼,并决定把楼内的现有住宿生分配到其他楼去。米歇尔楼的学生们痛恨失去自由,更讨厌别人开玩笑,说他们得参加迎新会,因为他们

---

① 米歇尔亦曾先后担任斐济和肯尼亚总督,后一职位由艾弗林·巴林接任,并于1952年宣布肯尼亚进入紧急状态。
② 引自丁威迪著《麦克雷雷与殖民地时期东非的发展》一文。此论文于1985年9月25—29日在哥本哈根大学召开的乌干达会议上宣读。——作者注

"未开化"。1962年3月29日晚,这些学生穿着旧袍子,提早吃过晚饭,然后跑到大学楼里,把米歇尔楼的旗帜铺在中央长桌上,捉住了楼长,拿玩具气枪逼着他签署投降契约。契约由格林尼·迪亚斯以哥特手写体起草,他后来被分去了罗富国楼。

投降条款规定,米歇尔楼"从此被称为殖民主义者",已占领大学楼并将其划为殖民地,"下文中称原住民"。

由于知道这些原住民徒具文明的表象,殖民政府承诺把文明的精髓传授于他们。为此,殖民政府决定,派四十人前去与原住民共同生活,条件是:1)被占领国家向外派人员提供优厚津贴;2)退休后,外派人员有资格从原住民处领取失业补偿金。作为整体殖民政策的一部分,米歇尔楼已派官员前往新楼、罗富国楼和利文斯敦楼,以援助落后的国家。

这一滑稽事件在校刊《麦克雷雷人》中登上头条,题为:大学楼遭到"入侵、占领并被不断扩张的米歇尔楼帝国划为殖民地"。

不论学校领导们怎么想——他们显然并不觉得对殖民主义的讽刺有何好笑之处——米歇尔楼的学生们决心要以征服者而非祈求者的身份来到大学楼,以此彰显他们的个性。[①] 他们要维护自己的品格与名声。

米歇尔楼事件证实了一个显著事实:每一栋宿舍楼都演化出了自己独特的传统与集体精神。这不仅限于学生们,学监的个性也对塑造各楼的特点有导向性作用。威尔伯恩无拘无束的个性与米歇尔楼学生们对自由的向往互为镜像,甚至有人说他也参与了策划入侵行动。

[①] 征服者们的领袖彼得·纳泽瑞斯把这个故事的细节讲给我听。参见丁威迪著《向弗雷德·威尔伯恩致敬》。——作者注

丁威迪在1956年接替约翰·科尔曼担任罗富国楼学监。他是罗马天主教徒，与福斯特神父不同，他代表着真正的天主教传统。他自己的个性形成于校园和体育运动中。丁威迪毕业于剑桥，是位一流的板球手，曾是肯特乡村俱乐部的一员，二十世纪三十年代加入剑桥大学乡村俱乐部，为拉格比公学赢得球赛第一名，加入丑角队打球，甚至在1936年进入英国国家队的预选赛。他热爱文学、音乐和人，总是对个体的故事深深入迷。他发自内心的大笑颇具感染力。

在丁威迪管理下的罗富国楼引来各种各样的人，有神秘莫测的，有悲惨的，也有古怪的。神秘的是一位杰出的医学生，更是联盟中学的毕业生，一个童子军领袖，甚至是皇家童子军级别的。他把自己在罗富国楼的宿舍用作指挥总部，组织横跨刚果、乌干达、肯尼亚和坦噶尼喀的大规模机动车盗窃和抢劫。多年后，这位童子军医生的罪行暴露，毁了他前程远大的医学事业。当时，我们当中认识他的人都很想知道，他是怎么做到一边通过医学考试，一边谋划跨国抢劫的。

J.恩乔罗格是一个悲剧天才的例子。他大概是我在山上读书时遇到的最博闻强识的学生。他晚我一年进入麦克雷雷，到来几个月后，就对大三历史系荣誉学生有关欧洲思想和历史的解读与史实提出疑问。他谈论康德、黑格尔、阿奎那①和马克思的理论，让比他年长许多的学生也迷惑不解。他把追寻真理当真了，说着要做研究并造访坎帕拉的传教士档案室。他找麦克雷雷社会研究所帮忙，但他们认为他自命不凡，对此不屑一顾：专注于你的课程

---

① 托马斯·阿奎那（Thomas Aquinas, 1225—1274），中世纪哲学家与神学家，托马斯哲学学派创立者，被称为"神学界之王"。

和课程要求。恩乔罗格拒绝把自己的研究限制在英国史上,争辩说有必要把这段历史放到欧洲史的大环境中来看。他又去找资深教授,他们却叫他把精力放在通过英国史考试上。J.恩乔罗格从不为了考试而学习:对他来说,考试是测试他已经掌握的知识,而不是检验他考试前几周临时抱佛脚能记下多少。他每次都以优秀成绩通过考试。恩乔罗格的一篇论文——《基督教与民族主义在东非的崛起》发表在1962年3月刊的《大学生》上。那时,他已经对麦克雷雷在学术上的狭隘灰心了。他想要离开,私下里申请并获得了一所他以为是巴黎高等学府的奖学金,到了巴黎后,却发现那是所教法语的职业学校,就又乘飞机回来了。后来,他又去了达累斯萨拉姆,没有正式从麦克雷雷退学,就在一所新成立的法学院报了名。但那所学校加深了他的失望。他返回麦克雷雷,因违反校规被开除,但丁威迪为他据理力争,想法把除名降为停学三个月。他拥有天才永不安分的思维,丁威迪似乎明白这一点。但最终,恩乔罗格没有回来,他遭车祸遇难。

我十分想念他。我们曾就一切问题——从政治到文学、历史、新闻和哲学——展开激烈辩论。尽管在欧洲史和哲学方面的知识比不过他,我丰富的文学知识足以弥补这一差距。

古怪之人的例子是巴布拉尔·帕特尔。他是一位才华横溢的画家,却从未接受过正规的艺术训练。半聋且对考大学所要求的常规学术课程不甚感兴趣,他得到了肯尼亚基苏木中学校长马诺哈尔·拉尔·苏德先生的帮助,后者看出巴布拉尔独具天赋,就向麦克雷雷大学提出申请,帮助他进入了美术系。帕特尔立刻在罗富国楼安居下来,但他喜欢只穿内裤在树荫下作画。他从印度神话中受到启发,用令人过目难忘的鲜艳蓝绿色画多手多足的人物。有时,他不告诉别人就失踪了,但丁威迪总有办法找到他,大多是在附近的灌木丛中,并把他哄回宿舍楼里。他是柏拉图式"疯狂"天才的完美例证。

这就是丁威迪!他把友好竞争的体育精神融入罗富国楼的文化中,身兼总教练、鼓励者、啦啦队长、顾问和总指挥数职。他目送运动员们走上赛场,又在赛后祝贺他们,无论输赢。他慷慨的性格帮助我们树立了独特的罗富国楼社群精神,传承至今。

丁威迪的爱侣伊冯·玛丽(娘家姓卡特洛尔)是一位钢琴家,两人是罗富国楼——这个在各种私人或公共仪式中培养成的大家庭——名副其实的家长,而丁威迪是仪式主持人。他会亲自造访那些有困难的学生,聆听他们的难处。他也负责发行《罗富国楼通讯》,在其中通告并强调楼中各种日常事宜,夸赞我们在体育和学术领域取得的成绩。他的写作妙语横生,文学和体育方面的典故随处可见。

丁威迪住在宿舍楼大门正对面,他会邀请取得荣誉的学生来家里吃饭,但更常见的做法是请他们上座贵宾席宴饮。

罗富国楼的食堂具备多种功能:平日里用来吃饭,有社交活动时变成舞场,同时还兼做画廊,墙上挂满楼里学生们的艺术作品。其中最出名的是山姆·恩缇罗创作的壁画,以及伊格内修斯·泽若尤所绘的布干达宗教之战。

平时,常驻教员们在贵宾席上用餐,学生们则在下面的长桌上吃饭。但每周一次,贵宾席会举办正式宴会,参与者皆身着西装或学院袍。来宾包括乌干达保护国行政要员,以及从其他国家来访的政要。我在校期间,来访者包括阿比奥拉·艾瑞尔——一位初露头角、在巴黎工作的尼日利亚知识分子,日后,此人成为了文学及文学评论理论界的领航人;还有肯尼亚总督帕特里克·雷尼森爵士,他因把肯雅塔称为黑暗与死亡的领袖而声名狼藉;以及乌干达的前总督安德鲁·科恩爵士,他曾将年轻的布干达国王放逐到伦敦,后来又被迫召他回来。丁威迪坐在首席位置,可爱的伊冯总在他身边。

生活在丁威迪管理的罗富国楼,你就成为了集体的一员。成功与失败,胜利与灾难都会激起共同的悲喜。就连我们这些1959年新加入大家庭的人,都很快被纳入这种罗富国楼精神之中。一个罗富国楼的学生无论参加何种竞赛,我们都会结伴前去为他喝彩。但就吸引的观众人数和期待指数而言,什么也比不过各楼间的英文竞赛,连体育赛事也不行。不是内行也能欣赏戏剧表演。

阿伦·沃纳教授在1958年创立了在各楼间进行的英语系竞赛,项目包括原创短剧、短篇小说、演讲和诗歌。教授的妻子菲丽斯在麦克雷雷和坎帕拉的戏剧界均享有盛誉,是麦克雷雷演员社的当家花旦,这是一个由业余爱好者组成的社团,成员大都是山上的外籍员工。鉴于英语在殖民地的学术、知识与文化生活中地位显要,这场竞赛也是所有竞赛中最受瞩目的年度赛事。

当罗富国楼的参赛作品在1960年的竞赛中惨遭失败,排名最末时,我是见证者之一。乔纳森·卡利亚拉的剧作《青豆田》由本·姆卡帕主演,为新楼赢得了万众瞩目的第一名。日后,卡利亚拉成为牛津大学出版社内罗毕办公室的主管,而本·姆卡帕则当选坦桑尼亚第三任总统。但当其时,他们是我们的邻居——新楼的骄傲获胜者。我们楼学生的沮丧之情十分明显,从姿势里就能看出。

我心中发生了某种变化。尽管在联盟中学曾有排演经验,但我从未写过一出戏剧。虽然没有告诉别人,可我知道自己下次会写一出独幕剧。我第一次涉足剧作,是为了满足社群的需求与希望。就这样,我的第一部独幕剧——《反叛者》诞生了。

这出戏剧描写的是一个麦克雷雷的男生与一位当地女子坠入爱河,同她订婚了。他们的结合遭到他社群的反对,那些人不能接受他与一个没有受过割礼的女孩跨文化通婚。他在对爱的追求和传统的束缚间摇摆不定,不忍心和女孩分手,也没有勇气反抗自己的社群。女孩替他做出了决定:她拒绝了他,轻蔑地把订婚戒指丢在他的脚边。

这一结局应当是阴沉且悲伤的,带有悲剧寓意。但扮演那个女孩(还是个漂亮的女孩)的男生瓦何姆①临时起意,偏离彩排时的动作,扭了下屁股,以强调他的轻蔑姿态。全场观众爆笑起来。在这之前,一切都很顺利。但这个动作让我们完蛋了。我们获得了第二名,但比起近年来取得的名次,这仍旧是一大进步。

那是在1961年。我身不由己地成了一个剧作家。尽管读高中时曾参演莎剧,我从未想过自己可能成为剧作家,我的文学抱负模糊地定在小说领域里。但如今,在情况的催动下,我首先闯入了戏剧创作,排在纳泽瑞斯的《宇宙》后、获得第二名的独幕剧为我赢得了剧作家的头衔。罗富国楼的学生都说我是。丁威迪也这样讲,并在他的《罗富国楼通讯》中着重提到了我的名字。我成了我们楼1962年获胜的最大希望。我没有辜负众人的期望。

我的第二部独幕剧——《心中的伤口》②达成了期望。我们赢得了1962年各楼间英文竞赛的冠军奖杯,每个罗富国楼的学生都很开心。

---

① 其他演员包括:彼士利·库鲁图和本·基普科利尔。——作者注
② 彼得·纳泽瑞斯告诉我,他后来于1973年在爱荷华市爱荷华大学的图书馆中看到这部剧作被收入我的书中,剧名误标为《膝盖上的伤口》。他告诉图书管理员,这出剧叫作《心中的伤口》。"哦,"图书管理员说,"这本书是在伤膝河起义后送来的,写标签的人一定受这事影响了。"——作者注

八

没有人因为《心中的伤口》不能在国家剧院上演而心生不快。丁威迪没有,我在罗富国楼的伙伴们没有,英语系的其他教员和学生也没有。对他们来说,这场比赛已经过去好几个月了。

然而,这次被拒经历会在奇怪的时间和地点入侵我的思维。我现在读大学三年级,已经通过初试——它标志着两年考量的结束,通向学位的道路已走完半程。那些没通过考试的人不得不终止学业,而通过的人可以选择自己的专业方向。我入选英文荣誉课程,比一般学位要多读一年。

我退掉了经济学,再见西里尔·欧立希博士,再也不用听他对自负的学生展开说教了,但想要做某件未有先例之事,以向他证明自己能力的模糊想法在我心中扎了根。我怀念另一门历史课,不过没关系。我认识到,文学中涵盖了许多不同时期的历史、哲学与文化,而对英语文学的研究就是以这些时期为划分的。一些特定文本的辅助参考书目帮我把文学放回到其所属时代的伟大思想运动和社会变革中。

这种联系在课堂上未被点明。为了更深入地讨论,并梳理它们所带来的影响,我与古丽扎尔·那恩吉、赛琳娜·科埃略、伊曼纽尔·基瓦努卡、彼土利·库鲁图及巴哈杜尔·特贾尼自主成立了学习小组,在课后相聚。其中一人会针对某统一文本自选主题进行展示演说,其他人予以回应。在讲座和课堂讨论中被剥夺了生命力的文本,在我们的小组里激起辩论的热情。我有一次讲的题目是"李尔王的神性",分析他从自视为神,到在暴风雨中找回自己人性的路程。后来,住在牛津的古丽扎尔·坎吉(娘家姓那恩吉）给我发来邮件①，邮件中她仍忆起被她称为"李尔王研讨会"的那次演说。

既然学习如此令人兴致勃勃，为什么一部独幕剧遭国家剧院拒演这样的事还会困扰我至此呢？这部剧和比赛甚至对我的学位毫无影响。

若我对此事背后的原因一无所知，也许就认命了。但"一名英国官员不会那么做"这句话激怒了我。禁演是谎言。如不对此做出回应，我的顺从就会巩固这谎言。

麦克雷雷的入学誓言在我脑中回响，清晰可辨，毫不含糊：追寻真理。那是我发誓投身的使命。那是我上大学的原因。我无力转圜促成这一决定的力量，但我可以反击，至少可以抗议欧洲社群对坎帕拉国家剧院的垄断。最大的问题是，怎么做？

这一年——1960 年——已为世界及非洲舞台上的一系列事件揭开序幕，这些事件的影响将触及校园，也因此促成了我最终的决定和对此问题的回答。

---

① 发给我的邮件显示时间为 2012 年某月 28 日（周四）。——作者注

第四章　奔驰车、运动鞋、飞盘与旗帜

一

约翰·F. 肯尼迪于 1961 年 1 月 20 日宣誓就职,成为美国第三十五任总统。他的那句"不要问你的国家能为你做什么,而要问你能为你的国家做什么"①在学生间广为流传。倒不是说我们真有可以对其提出要求或奉献忠诚的国家。彼时,我们都是殖民地的臣民,但不知为何,这句话引起了我们的共鸣,并带来希望——很快,我们将有自己宣誓效忠的国家。肯尼迪的名字已在学生中传播,因为他在 1959 年的一个国际事务会议上会见了为我们所熟知的汤姆·姆博亚后,展开了引人注目的学生空运计划。

乔莫·肯雅塔于 1952 年入狱后,时年二十九岁的汤姆·姆博

---

① 约翰·F. 肯尼迪,就职演说,1961 年 1 月 20 日,*www.jfklibrary.org/Asset-Viewer/BqXIEM9F4024ntFl7SVAjA.aspx*。——作者注

亚①冉冉升起,从工会会员领袖成为新兴政客中的领军人物。他是最受爱戴的年轻反殖民民族主义者之一。教育是他们的三个主要诉求之一,其他两个是土地与自由。但他们明白,殖民机构无法提供足够拥有一技之长、受过教育的人力来满足新非洲——以1957年加纳的独立为先驱——所面临的挑战。姆博亚-肯尼迪空运计划将非洲学生送往美国大学,旨在扭转教育上的落后。

1959年9月11日在纽约市着陆的八十一位首批学生中,有一些来自联盟中学的优秀学生,但他们没能跻身被麦克雷雷录取的有限位列。多亏了空运计划,我过去的乒乓球伴菲利普·欧申得以和我同年进入大学,他在美国,我在乌干达。其他受益人中还有老贝拉克·奥巴马——未来总统小贝拉克·奥巴马的父亲。

这教育上的大规模救援带来好感,治愈并抵消了人们对当年早些时候发生的霍拉惨案的记忆。空运计划自1960年起持续实施,再加上他那些有根除贫困的演讲,肯尼迪成为新势力的代言人,对抗老旧的欧洲殖民主义帝国。肯尼亚的年轻人极易认同肯尼迪的竞选胜利,以及他在1961年的就职演说中表现出的踌躇满志。

肯尼迪时刻和其所带来的契机促成了其他倡议,其中包括由扎拉莫吉·奥金加·奥廷加组织的、将一些学生送往东欧的计划。冷战对峙影响了一切,包括提供帮助的学校。除学生空运计划外,能不能也把教师送到学生所在地呢?

---

① 汤姆·姆博亚日后在肯雅塔独立政府中担任部长,于1969年7月5日在政府路(现称"莫伊路")遭暗杀。——作者注

"为东非提供教师"是和平部队的先行计划,这一想法在1960年由美国教育协会非洲联络委员会主办的普林斯顿会议上正式提出。多年后,这一想法的联合发起人R.弗里曼·"杰伊"·巴茨和卡尔·毕格罗与伊迪·阿明有一张合照,后者专门迫害当地教师和知识分子,照片中,他正冲两人微笑。但这并不能减损最初目标中鼓舞人心的理想主义情结:"帮助东非扩大并发展中学教育,培训教师,使得东非能迅速达到教师资源上的自给自足";更不能泯灭每个教师所做出的奉献,以及他们的热情与善意。他们把自己看作是"新边疆"的应战者,而约翰·肯尼迪发到他们在哥伦比亚大学的训练基地的电报更深化了这一理念,电文提醒说,他们是美国的非官方大使,因为"在东非,你们会被视为美国的代表,你们的价值观就是美国的价值观,你们的话语就是美国的话语"。①

麦克雷雷大学是他们培训的最后一程。如此,在1961年,山上的我们一觉醒来,绿草坪上的天空中布满"不明飞行物",而地上则全是脚蹬运动鞋奋起直追的陌生人。

二

我在读期间的校长伯纳德·德·本生在其所著的《教育学探索》②一书中,把麦克雷雷称为查令十字车站,时常来往的访客不仅有总督和国务大臣,更有如英迪拉·甘地夫人和果尔达·梅厄夫人等外国领导人。总督安德鲁·科恩爵士常光顾主礼堂举行的

---

① 朱迪斯·林福斯编《为东非提供教师的经历》(2002年出版)。——作者注
② 伯纳德·德·本生著,《教育学探索》(肯德尔,英国:泰特斯·威尔森出版社,1995年出版),第114页。——作者注

舞会。

麦克雷雷不只吸引学者、政客和乐师,也有探索者。我记得弗里德里希和苏珊·沃格尔这对德国夫妇。他们驾着梅萨德斯奔驰跨越北非来到东非,这里是他们首次非洲旅行的第一站,之后,他们将会穿过中非和西非返回德国。承蒙丁威迪的盛情,两人成了罗富国楼的住客。他们的车可能是第一辆驶上乌干达、甚至是整个东非的奔驰。鉴于彼时的东非是英国福特车的天下,这种车型并未引起太大的惊奇或赞赏。但我注意到,沃格尔夫妇的车在公众活动中无处不在,十分惹眼,并且拍了许多集体合影,照片中,两人和学生们都围车而立。

夫妇两人十分可亲,与英国人对德国人的描述——他们在坦噶尼喀及非洲西南部的殖民统治,当然还有第二次世界大战——截然相反。两人及其所表现出的热情与屠杀赫雷罗人并在奥斯维辛设毒气室的德国人相去甚远。他们几乎从未谈过政治,更多提起的是德国人的哲学、艺术和工业。但每当我在报纸上看到有关1961年8月13日柏林墙竖起的政治报道时,仍会想到他们。

五十年后,夫妇两人在位于慕尼黑的家中接待了我,从那所房子可以远眺白雪皑皑的阿尔卑斯山脉。我得知,他们的旅程不是被尼罗河、刚果河、赞比西河和尼日尔河的潮涨潮落所激发,而是受到他们血管中奔腾的热血驱动。苏珊同意嫁给弗里德里希的条件是,他们的蜜月旅行要驾车穿越非洲,这片大陆两人都未曾踏足。他接受了挑战。两人取出对刚毕业的学生来说为数不多的全部积蓄,并与奔驰公司协商,让他们提供了一辆二手车。夫妇俩的浪漫之旅同时也是为三叉星商标做了一回移动广告,自从戴姆勒和奔驰汽车公司在1926年合并之后,这商标就一直是梅赛德斯奔驰的全球标志。梅赛德斯这个名字是汽车制造商的一位富商客、开赛车的埃米尔·耶利内克坚持使用的,他希望用女儿的西班牙语名——梅赛德斯为品牌命名。

很快,梅赛德斯奔驰成了从麦克雷雷和国家独立而滋生出的新精英阶级的身份象征,我写了两篇短篇小说:《梅赛德斯葬礼》和《梅赛德斯部落人》来讽刺这种痴迷。"有奔驰车的人"成了后殖民时代新兴中上阶层的代名词。

从成为一所大学起,麦克雷雷吸引了各路访客,他们都在学校的社交生活中留下了自己的足迹。但其中最特别的,是那些穿运动鞋的陌生人。

三

称之为美国人的入侵吧!到来后不久,他们就散布在校园各处,戴着怪兽般把球一口吞下的手套玩传接球,丢好似天外来客在空中呼啸的飞盘,互相投掷椭圆形的球,并向当地人大声问好。其中一些穿着多彩的宽腿短裤和背心,脚蹬凉鞋或运动鞋——我们叫网球鞋或胶鞋。第一批到来的陌生人全是白人。

我们和这些人在衣着上的差异十分扎眼。当我穿着傻气的裤子初到麦克雷雷时,我的朋友们把我拉到坎帕拉街上萨雅尼的布店,定制了华达呢和羊毛衣裤。萨雅尼是一位印度裁缝,不知怎么成了麦克雷雷的服装设计师。每个学生都穿得像随时要参加鸡尾酒会一样,还打着领结。我喜欢系一个黑色镶白边的领结。在庄重的场合中,那些美国人会在便装的基础上加一个亮色领结,就当是正装了。美国人和英国人的着装传统截然不同。

《麦克白》演出一景

以前也有美国人到麦克雷雷造访。1959年,长笛演奏家赫尔比·曼在美国国务院的安排下到访。1960年,路易斯·阿姆斯特朗受彼得·纳泽瑞斯的爵士乐队邀请前来。两人都曾在主礼堂演奏。但从大小各方面来说,1961年6月随"为东非提供教师"计划到来的第一批美国教师都与前不同。这些教师或来接受入职培训,并参加教育系的文凭课程,当时的系主任是埃里克·卢卡斯教授。此后,他们会被送往位于肯尼亚、乌干达和坦桑尼亚的中学。

在适应能力的帮助下,他们很快融入了其入住宿舍楼的特质,反之,他们活泼的创造力也影响着各楼。就整体校园而言,他们影响了一些做事情的老方法。最先消失的是红袍子,起初不太明显,但渐渐地,学校领导不得不放宽对着装的要求。运动鞋和凉鞋也挑战着擦得如镜面一般光亮的皮鞋。他们印刷的校刊《麦克雷雷人》很快取代了以前的学生报刊——用模板复印机印制后钉在一起的《学生会信息公报》。还有约会。美国女孩和亚非男孩,美国男孩和亚非女孩,或者干脆是美国男孩和美国女孩。不论哪种搭配,美国人都比当地人更习惯于做出公开亲昵的表现。

他们也在戏剧领域一试身手,其中最显著的是让出演《麦克白》的演员身穿非洲长袍。我曾见过许多莎剧的排演,大多是在联盟中学时,但那些非洲演员穿的是十七世纪英国服装的仿制品。这是一次绝对的创新。可能是因为我去年得的剧作二等奖让纳特·弗罗辛厄姆找上了我,但我同意担任助理导演。我记录动作和站位,联系演员,如果纳特不在或难以抽身,我就带他们排练已经定下来的动作。我成为排演的一部分。

日后,纳特·弗罗辛厄姆成为了《蒙彼利埃大桥报》的编辑和发行人,这是一份自由的社群报纸,支持佛蒙特州的独立。但在麦克雷雷时,驱动他的似乎是对戏剧的热爱,而非政治或意识形态之

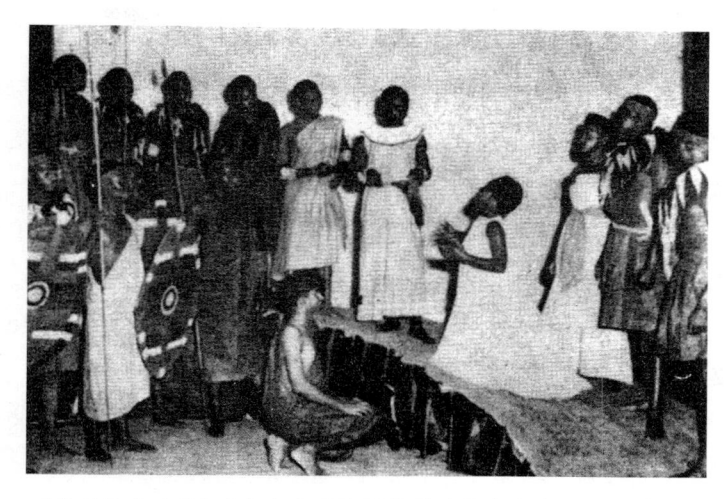

《乌干达守卫报》:"麦克雷雷社团的勇敢的麦克白",1961 年 11 月。图片来源:纳特·弗罗辛厄姆

争。不过,他明白这出戏剧的排演是挑战现状。在山上,之前所有的莎剧排演都由麦克雷雷演员社这一业余社团的白人教员负责。

弗罗辛厄姆无比乐观,他的能量与热情感染了最初持怀疑态度的演员们,使他们怀着信念投身于此。以非洲口音和服装排演的《麦克白》在上座率和所获热议方面都大有斩获。这是头一遭由学生全权负责的莎剧演出,更别提演员穿的还是非洲长袍了。

他邀请我参加另一场排演,我拒绝了。我正在创作《心中的伤口》,这部剧令我深陷艺术政治中,其背景是飞速变化的殖民地局势,这政局背后的推动力与速度在一年前,被一位英国政客喻以令人难忘的形象。

四

这位大名鼎鼎的政客是保守党人哈罗德·麦克米伦,他将势不可挡的民族意识的复苏喻为一股席卷非洲大陆的风。

就表意而言,与使用的词语同等重要的是其产生的时间与地点。当这关于"改革之风"的演说于1960年1月10日在克瓦米·恩克鲁玛治下始获独立的加纳共和国首都阿克拉首次发表时,获得了掌声赞同;但在同年2月10日于亨德里克·维沃尔德治下的南非首都比勒陀利亚再次发表时,得到的回应唯有缄默。很快,缄默比掌声带来了更大的影响,白人对这词语背后深意的抗拒如同这阵风本身一样迅疾而来势汹汹。

南非的白人将整个国家划为牛栏,而他们推着承载漠视的马车绕栏而行,无视外部耻辱的高呼,也不理内部抵抗的危机。爪牙锋利的种族隔离政权先犯下沙佩维尔大屠杀,接着又取缔了非洲国家大会党和泛非主义大会党等组织,还把罗伯特·索步奎和艾伯特·卢图利下狱,以阻止他们行使公民辩论权。监禁黑人领袖的举措在1962年将曼德拉下狱时达到高潮。四年后,肯尼亚的白人殖民领袖迈克尔·布伦德尔将其自传命名为《如此猛烈的风》,显然借题自1960年麦克米伦的比喻。

殖民政府试图消减这阵风的势头,伴随着大肆宣传发表了科菲尔德报告,称之为《历史调查:茅茅的起源与发展》①。弗兰克·德里克·科菲尔德由政府在1957年亲自任命撰写调查报告,使其获得资格的是他在苏丹和巴勒斯坦任地方长官的经历,1954年退休后来到肯尼亚,在负责对抗茅茅的战争委员会任职秘书。这位党派"历史学家"得到丰厚报酬,受托撰写一部带有脚注的沉思录,描写他亲身参与的事件。他不负众望,

---

① 弗兰克·德里克·科菲尔德著,《历史调查:茅茅的起源与发展》(伦敦,女王皇家文书出版署,1960年出版),奉女王陛下之命,由殖民地国务大臣于1960年5月呈给国会。——作者注

从殖民者的单一角度写出了本应是以事实为依据的土地与自由军史考。

当我在1959年离开肯尼亚时,以为自己已逃离了吞噬这片土地的政治噩梦。但本身就是一场文学噩梦的科菲尔德报告跟随我来到了乌干达。这篇报告在山上激起集体骚动,但对于我,它激起的是十分私人的情感。我借着哥哥好人华莱士和叔叔吉希尼的眼睛阅读这篇报告,而我知道他们都是好人。两人均在我的学校教育中扮演积极角色,使得我如今能在这里读书,虽然这份礼物的价值有待考证①。

当读到科菲尔德报告把土地与自由军战士描述为社会中的另类时,我咬紧的是自己的牙齿②。文中写道:"当原始社会与高度文明的社会近距离接触时,总会种下动乱的种子。"③我所属的社群被其描述为原始且返祖的,仅仅因为我们希求自由,并采取行动来实现梦想。为解释土地与自由军的反抗,科菲尔德只是厚着脸皮引用J.C.卡罗瑟斯受聘于政府所著的《茅茅心理学》④一书,并在脚注中称其为一份一针见血的材料,他本人"为补充我对非洲的认知,大量参考"⑤。

从自由党到保守党,在欧洲人撰写的有关非洲的作品中,始终贯穿着他们对了解原住民心理的自称。这专家意见的来源不过是与原住民和动物或两者兼有的接触,因此有了动物和丛林的比喻。

---

① 参见前两部回忆录《战时梦》和《中学史》。——作者注
② 这里的牙齿与上句呼应,原文化用了英文谚语:Don't look a gift horse in the mouth,意为要懂得感恩,受礼不问价。
③ 参见《历史调查:茅茅的起源与发展》第2第7章。——作者注
④ 约翰·C.卡罗瑟斯著,《茅茅心理学》(内罗毕,政府出版社,1954年出版)。——作者注
⑤ 科菲尔德著,《茅茅》,第8页注①——作者注

土地与自由军的根据地设在丛林里这一事实让科菲尔德评论道："受伤的动物在天性驱使下,会回到巢穴中。"①

为得出丛林理论,科菲尔德也参考了另一位"权威"——警察伊恩·亨德森的作品。亨德森在其于1958年出版的《追捕德丹·基马蒂》②一书中,也声称了解非洲人的思维及其丛林趋向:"若把吉库尤人比作肯尼亚部落中的德国人,基马蒂就是他们的希特勒。"亨德森写道:"和希特勒一样,他等到社会的构架分崩离析,好以其蛊惑人心的雄辩钻动乱的空子。经济动荡和共产主义的威胁让希特勒有机可乘,而逃到丛林中的茅茅扰乱了吉库尤社会的秩序,给基马蒂制造了机会。"③

在其对土地与自由军的描述中,亨德森依靠的是卡罗瑟斯的心理学理论。现在,科菲尔德又用亨德森的理论来佐证自己对卡罗瑟斯处的引用。卡罗瑟斯、科菲尔德和亨德森成了同一门伪科学的创始人,他们是塞缪尔·卡特莱特——那位十九世纪种植园奴隶的心理学家在二十世纪的继承者。显然,这是殖民者将自己的行事方法投射到异类反抗者身上的例子。土地与自由军并未造成霍拉惨案、战略村、集中营、公开集体绞刑,以及遍布城镇的酷刑室。

一个处在殖民地政权下的学生如何能在这种对其历史和存在的居高临下的看法轰炸下幸存?这样一个学生的道路上充满不同时期失败的尝试,但亦有胜利。纵然如此,疤痕仍存。我只能希冀这些疤痕不会掩盖溃烂的伤口。幸运的是,我爱书。那

---

① 科菲尔德著,《茅茅》,第2章第6段。——作者注
② 伊恩·亨德森著,《追捕基马蒂》(伦敦:哈米什·汉密尔顿出版社,1958年出版)。——作者注
③ 同上,第2章第22页。——作者注

些启发人心的书也能迷惑双眼,但至少我能予以分辨。麦克雷雷教会我更加珍惜书籍,学校藏书丰富的图书馆成了我的第二个住所。在那里,我是智慧庄园的领主,手下有一众殷勤的雇员为我服务。

就这样,我发现了诺曼·雷所著的《肯尼亚》一书。这位毕业于格拉斯哥大学的博士对其所效力的殖民主义政权提出疑问。其中最让我惊叹的一点是,他所写的是其在 1902 至 1920 年间的观察,从未自称了解非洲人的心理。他是对科菲尔德的回答,比这位殖民主义特使早出现许多年。

雷的书中有几处佳段,我把它们都抄下来,就好像用我的笔迹写下这些词语能使其得出我所追寻的答案。例如:

> 一个欧洲人带着五万英镑来到非洲,通过自己的努力,毫无疑问,但更多的是通过售卖他从政府处无偿得来、价值二十万的土地,并利用官职让这个国家的原住民来为他工作,最终敛聚了十倍于最初的钱财。而这种做法在政府看来,是值得敬佩的。[1]

这与主流官方对肯尼亚历史的叙述截然相反,他们将其描述为一群白人理想主义者在人烟稀少的荒野上的建树,这一观点在埃尔斯佩思·赫胥黎所著的《白人高地:德拉米尔与现代肯尼亚的建设》[2]一书中被饰以学术的外表。科菲尔德参考了赫克斯利的作品,却无视诺曼·雷的所写。

我母亲对我求知之路的影响至关重要。她曾对孩子们当面揭

---

[1] 诺曼·麦克莱恩·雷著,《肯尼亚》,第 4 版(伦敦:弗兰克·卡斯出版社,1973 年出版),由乔治·谢泼森作序,第 6 页。——作者注
[2] 埃尔斯佩思·赫胥黎著,《白人国家:德拉米尔勋爵与肯尼亚的建设》(纽约:普雷格出版社,1967 年出版)。——作者注

穿大人谎言的做法极尽苛责。这条忠告我始终不理解。大人们总是说谎。但记起她的担忧，我会问自己：一个成年人，甚至还是总督，怎么能坐下来故意捏造谎言，然后在夜里无忧安睡呢？科菲尔德甚至对肯尼亚人民建造自己学校的努力无动于衷，而我本人就是这努力活生生的见证者。

我是吉库尤独立学校运动引以为豪的教育成果，这运动遭到殖民政府的禁止和摧毁，而科菲尔德认为这值得庆祝。如果他认真参考了雷的《肯尼亚》一书，就会读到另一处佳段，讲的是欧洲白人儿童和肯尼亚儿童在资源分配上的悬殊差距："政府的教育政策明确体现在这一事实中：为一千五百名欧洲儿童建造新学校所预计花费的钱，比过去五年中用在非洲儿童教育上的支出总数还多。"[1]早在1924年，这位博士就在另一佳段中预言了武装反抗的必然："整个欧洲殖民地都为防御非洲人的反抗做好了准备，但除了由欧洲军官组成的部队和警力外，非洲人和印度人手无寸铁……但肯尼亚的非洲人会永远被动服从于我们强加给他们的生活体系吗？"[2]

土地与自由军在1952年以行动回答了这个问题。殖民政府企图用不知所云的茅茅一名来混淆其明确陈述。压头韵的茅茅译自有意无意间同样压头韵的"缪玛"，意为"（要求）土地与自由的团结誓言"。这一运动的政治分支应被称为"缪玛运动"，其战斗力量是"土地与自由军"。他们的格言是"两个绝对要求：土地与自由"。

在麦克雷雷，弗雷德·威尔伯恩牧师组织一些肯尼亚学生每

---

[1] 诺曼·麦克莱恩·雷著，《肯尼亚》，第9页。——作者注
[2] 同上，第334页。——作者注

周就科菲尔德报告展开讨论。我没能参与其中,但急切地等待着结果,最终以《对科菲尔德报告的意见》①为题发表。小组成员经过深思熟虑得出的评价与观察存在一个缺点:他们谈论茅茅的方式就像在谈论一种宗教。但正如我们不能因为英国的保守党和工党成员诵读祷文并手按圣经起誓就称他们为基督徒一样,土地与自由军领导的也不是一场宗教运动。

不论有何缺点,这场持续一年的讨论再次说明,立在山上——无论是事实上还是隐喻上——的大学无法免受这席卷整个大陆的政治之风影响。麦克雷雷如风向标一般记录着这阵风的方向与强度。

五

麦克雷雷学生会成立于1954年,第一任主席是来自马拉维的J.大卫·茹巴帝利。以其自己的方式,学生会始终预见到了殖民地局势的变化。当整个帝国世界都不承认非洲人的投票权时,学生管理部门的成员经秘密投票选出,一人一票。竞选包括拉票活动,在候选人的公共辩论中达到高潮。获胜的主席从学生代表委员会中选出他的内阁成员,此组织后来更名为麦克雷雷学生会,由来自各宿舍楼的代表组成,代表们同样也是一人一票选出的。在专制的殖民主义制度中,学生会采用了民主制度。它是一个泛非集合体,反映出学生团体的多国家性质。自1953年成立到1963年间,麦克雷雷学生会的历届主席

---

① B.戈肯尤著,《对科菲尔德报告的意见》(坎帕拉:麦克雷雷吉库尤人、恩布人与梅鲁人协会,1960年出版)。——作者注

有马拉维人、肯尼亚人、坦桑尼亚人和乌干达人。①

我是罗富国楼的代表,在 1961—1962 年奥姆巴提在任期间成为学生会的新闻官,但后来因在资助《麦克雷雷人》的问题上意见不一而辞职。我坚持《麦克雷雷人》应由学生会资助,但保持编辑独立。其他人则认为其作为《学生会信息公报》的升级版,要受学生会综合管理。他们不想资助一个不受控制的机构。

学生会标志着这急速变局的不同阶段:成立后不到一年,就迎来 1957 年的加纳独立。1958 年,学生会组织了第一届泛非学生大会,代表来自十一个国家,姆博亚是大会的主讲人。②

紧接着,尼日利亚在 1960 年亦获独立。但六十年代初影响最广的是刚果的独立。席卷刚果大地的改革之风化为飓风,途经之处一片狼藉。

六

帕特里斯·卢蒙巴和肯尼迪的掌权过程极为相似。两人于 1960 年同一时期开始竞选公职。卢蒙巴在 5 月 11—25 日间举行的全国大选中获胜,于 6 月 23 日宣誓就任总理,此时的刚果刚宣布独立。肯尼迪在 1960 年 11 月 8 日赢得大选。尼克松遗憾但得体地接受了失败,而独立仪式上的主宾、比利时国王博杜安一世却

---

① 其中包括来自马拉维的茹巴帝利,1953—1954 年;来自肯尼亚艾哈迈德·阿布达拉,1958—1959 年;来自肯尼亚的西蒙·G. M. 戈尔,1959—1960 年;来自坦桑尼亚的弗朗西斯·卢卡斯·恩亚拉利,1960—1961 年;来自肯尼亚的 D. G. 奥姆巴提,1961—1962 年;来自乌干达的马修·茹基凯瑞,1962—1963 年;以及来自乌干达的 E. M. 甘吉,1963—1964 年。——作者注

② 卡罗尔·齐柯曼著,《成为一所非洲大学:1922 至 2000 年间的麦克雷雷》(新泽西州特伦顿:非洲世界出版社,2005 年出版)第 334 页。——作者注

表现得十分无礼。

博杜安将刚果人取得的独立视作比利时开化任务的高峰。他说,刚果人应该对比利时殖民政策的英明感恩,不应改变比利时殖民政府为他们建立的社会结构,其中也包括他的伯祖利奥波德二世——一位大规模屠杀者所遗留的。作为刚果自由邦(1885年至1908年)的唯一拥有者,利奥波德二世要为一千万刚果人民的死亡负责。但博杜安却选择在此时将那段历史吹捧成留给卢蒙巴治下刚果的伟大遗产,应予以效仿。

卢蒙巴提醒刚果人民,尽管有布鲁塞尔的圆桌会议,他们的独立仍非来自他人的赠予,而是通过日复一日的斗争得来:"我们从灵魂深处以这场由血、泪与火组成的斗争为豪,因为这是崇高而公义的斗争,是结束以武力强加于我们的耻辱奴隶制度的必经之路。"①

演讲后六个月,卢蒙巴于1961年1月17日遇刺。三日后,肯尼迪在1月20日宣誓就任美国总统,而美国的中情局特工参与了对卢蒙巴的推翻和暗杀。最终揽过大权的是获比利时认可的约瑟夫·蒙博托。他立刻将莱奥波德加到了自己的姓蒙博托之前。莱奥波德听起来和利奥波德很像。就这样,刚果摆脱了外邦人利奥波德的血腥统治,又落入自己人莱奥波德掌中,二者同侍一主——西方帝国的集体与军事利益。

"刚果危机"——莫伊兹·冲伯脱离联邦,达格·哈马舍尔德②

---

① 帕特里斯·卢蒙巴,在利奥波德维尔的演讲,1958年,"非洲历史上的主要潮流",课程大纲,乔治·曼博士,哥伦比亚大学,*www. columbia. edu/itc/history/mann/w3005*,"网上资源"条目下,(2015年8月13日访问)。——作者注
② 达格·哈马舍尔德(Dag Hammarskjöld, 1905—1961),瑞典政治家,联合国第二任秘书长。1961年9月18日,时任联合国秘书长达格·哈马舍尔德前往刚果调解停火期间,他与随行人员乘坐的飞机在当时北罗得西亚(今赞比亚)恩多拉附近坠毁。哈马舍尔德与15名随行和机组人员同时丧生。

之死，莱奥波德·蒙博托的军事接管，以及两人所带来的争斗——成为了冷战政治的中心词，作为警示性比喻，告诫其他国家不能过快地脱离殖民主义。然而，没有任何一种力量能让麦克米兰口中的这阵风减缓速度。

在肯尼亚，标志着这阵风并未绕过这个国家的是一只狗、一块石头和一把鲁格手枪。姆布瓦卡利，意为凶猛的攻击犬，是许多殖民者的家门上悬挂的警示标志。但一些白人甚至连这种警示也懒得给。每个殖民者家中都养着训练有素的狗，会嗅出黑人，并对他们咆哮攻击。殖民者最热衷的运动是放狗咬非洲人，并肆意向逃跑的人射击，或者仅仅是坐在一旁嘲笑他们因惊恐而手忙脚乱的样子。若有人捡起石头或木棍自卫，便会哀叹不迭！等待他的必然是一颗子弹。无须多言。涉及黑人、白人和狗的故事向来结局如此，直到有一天，一只狗、一把手枪和一块石头在内罗毕的街道上碰在了一起。

狗和枪是彼得·普尔的，他是一名曾与土地与自由军作战的士兵，在内罗毕的政府路（现更名为"莫伊路"）上开了一间机械加工店。石头则属于卡玛维·姆桑吉，他是普尔家的帮工，那时被称为"童仆"。不知出于什么原因，也许仅图一乐，彼得·普尔放两只狗去咬正在骑车的姆桑吉。我们知道是普尔先挑衅的，不然，狗怎么会主动攻击一个它们常在家中见到的人呢？吓坏了的姆桑吉拾起一块石头自卫。他没有向狗丢石头，但普尔开枪打死了他，因为他危及两只攻击犬的生命。这并非新鲜事，当彼得·普尔在1959年10月12日被捕时，所有人——不论白人还是黑人——都以为事情的发展会同布里克森在《走出非洲》中所写的基托什的故事如出一辙。然而，新奇且出人意料的结果出现了：彼得·普尔在受审定罪后，于1960年8月18日被处死。在六十年的集体与殖民法规下，不计其数的非洲人死于持枪的白人殖民者之手，彼得·普尔是其中第一个也是唯一被定罪处死的人。他的名字彼得意为"岩石"，而卡玛维，那个因捡起一块石头就被他杀死的人，名字的意思也是"岩石"。两块石头碰在一起，死了两个人，两只狗却安然无恙。

1961年8月，肯雅塔从监狱获释，继续担任肯尼亚非洲民族联盟的领导。白人们的骚动上升为愤怒的爆发。

1961年12月9日，坦噶尼喀成为一个独立国家，"姆瓦里穆"·朱利叶斯·尼雷尔担任总理。"姆瓦里穆"是对导师的尊称，这显示了教师一职在社群中受珍视的程度。尼雷尔是麦克雷雷的校友。1962年10月9日，轮到乌干达独立，米尔顿·奥博特任总理。奥博特也是麦克雷雷校友。

对于我们这些彼时在山上的学生，华兹华斯完美总结了这一刻：

> 生命的黎明是乐园，
> 青春才是真正的天堂！[1]

七

我们正值青春！彼得·金扬久伊是当时麦克雷雷学生戏剧社的主席，他想以除饮酒、跳舞和演讲之外的形式庆祝这一喜讯。我们不能与莎士比亚共享这一刻了，他对我说，指的是我们之前在排演非洲着装的《麦克白》中所扮演的角色：他是演员，我是助理

---

[1] 威廉·华兹华斯，《狂热支持者眼中法国大革命的开端》，第4至5行，www.poetryfoundation.org/poem/174787。——作者注

导演。

金扬久伊晚我一年从联盟中学毕业,读中学时,他就已是一位出色的莎剧及现代剧演员。在麦克雷雷,他于沃莱·索因卡的同名戏剧中扮演了杰若教士。

"有什么提议?"我问他。

"看墙上的字",他说,"征集一出三幕戏剧!用你的笔尖助我们传达出鲜明的观点。"他强调补充道。

我从未想过涉足独幕剧之外的领域。而现在,金扬久伊邀请我写一部用来标志并庆祝乌干达独立的剧作。有了之前《心中的伤口》所带来的起伏,这个请求既是机遇,亦是挑战。抓住时机,把握今日。

我说:"只有一个条件:我们要在坎帕拉国家剧院演出。"

"说定了。"他答。剧社负责解决场地问题,我负责写出剧本。

第五章　笔尖与无花果树

一

十六年后,为惩罚我在肯尼亚的卡米里苏举办社群戏剧活动,我被关进在卡米提最高安全级别监狱。其间,我回想起1962年的那天:只写过两部独幕剧的我,接受了金扬久伊的挑战。我想知道,我身上的作家天赋也是在那一刻孕育的吗?

也许,这神意的感孕始于早年那些在我母亲的棚屋里度过的夜晚,彼时我第一次听说这样的故事:为陷入困境之人传讯的燕子;骗过鬣狗、狮子和猎豹等大型动物的野兔,甚至还给它们做仲裁;边哀嚎着边排出座座大山的驴子;还有骇人的食人妖,长着两张嘴,将美貌少女引诱到它在猴面包树和无花果树上的巢穴中。

也可能要晚一些,当我学会识字,沉醉在《圣经》里有关亚伯拉罕、该隐、亚伯与以撒、拉结和利亚,还有大卫与歌利亚的章节中。大卫的投石器与我的并无太大不同,我用它来驱赶从天上俯冲下来、叼走母鸡翼下的小鸡，或是从婴孩手中夺肉的猎鹰。抑或是当我被大卫王的竖琴琴弦俘获时，那琴弦一次又一次平息了扫罗王灵魂中的风暴。也许，这一切始于我第一次惊异于这一事实：黑板上的粉笔迹与纸张里的铅笔痕能唤起集合了投石器并琴弦之力的景象。

有时，我觉得自己的写作天赋源于与吉姆·霍金斯①一道远航，在太平洋的小岛上寻宝；或同奥利弗·退斯特②一起在伦敦的街道上乞讨、挨饿。我始终为自己安居在边陲小镇利穆鲁的家中，就能探索很久以前的辽远海陆而赞叹，这证实了我与同学肯尼斯·姆布古阿互诵的句子："每个人，我都会伴你左右，给予指引，在你最需要的时刻与你同行。"这句话是我们在登特版本的"人人图书馆"③中读到的。肯尼斯和我将这句话据为己有。我们不断争论句中"每个人"的意思，它是不是亦指包括女人和儿童在内的所有人④。

又或许，这发生在我外祖父恩古吉·瓦·吉克恩尤家中。我的名字承袭自他，有时我母亲会开玩笑，管我叫爸爸。祖父让我担任他的文书，帮他写信，并责令我一遍遍通读全篇，直到把其中的语气、措辞和意象全用对了为止。

另一些时候，我则认为这一切始于联盟中学，在那里，没有肯尼斯同我辩论词句和写作的必要性，我第一次捧起彼得·阿伯拉罕姆斯的《诉说自由》，读到勃朗特的《呼啸山庄》，沉浸于托尔斯泰的《青年》。也许我孕育于勃朗特与托尔斯泰的书页

---

① 出自英国作家罗伯特·路易斯·史蒂文森的小说《金银岛》。
② 出自英国文豪狄更斯的小说《雾都孤儿》。
③ 1906年由J. M. 登特创立的经典文学作品平价重印系列，现由兰登书屋出版。
④ 原文"every man"也有"每个男人"之意。

之间。

也有其他的时刻。早年在我所住村庄里,在其他联盟中学男生的帮助下,我们表演即兴戏剧——混合了圣诞颂歌和卡曼杜拉教堂里的自由圣歌。后来,我到卡胡古伊尼做代课教师,也演过类似的混合剧。但那时,尽管我也是在响应公众的呼吁与需求,却从未以文字应战。

抑或是在1959年7月我发下麦克雷雷的入学誓言时,血红色的长袍从肩头垂下,我将自己投身于一生的追寻之中。

但确实另有一日,我记得自己面对一次写作挑战:我当时读大一,一位英语系的荣誉学生在女王庭院截住了我。"你一定就是我们都听说的詹姆斯·恩古吉了。"他说道。

他知道我?听说过我?我,一个大一新生?这是我第一次听说我的论文被读给别人听。

"我叫乔纳森·卡里亚拉。"他补充道,并告诉我彼得·戴恩给荣誉学生们读了一篇我写的论文,作为学术写作的范例,特别是在立论时对引用、比较与对比的合理使用上。

那是卡里亚拉在读的最后一年,他是创作领域的明星学生,已在《笔尖》杂志——麦克雷雷英语系的代表作品——上发表了一些诗作和短篇。未来,他会成为牛津大学出版社肯尼亚分社的一名编辑,但他依旧保持着自己独特的风格,亦如他为《笔尖》所写的那些故事中体现的那样。

二

这本杂志的创刊号在教授兼系主任艾伦·沃纳的倡议下于1958年出版,名为《英语系杂志》。从第二期起改名为《笔尖》,因为作者使用笔尖来表达意见①,这一意象后来又被金扬久伊用来向我发出挑战。创办之始的编辑部由三位学生——迈克尔·伍尔曼、迈克尔·卡格瓦和彼得·纳泽瑞斯——及一位教员顾问——默里·卡林组成。1959年,主编是彼得·纳泽瑞斯,教员顾问是彼得·戴恩。

最让我惊讶的,不是这本杂志是由学生编辑的,而是他们写下了那些美妙的故事、诗歌、论文与剧作。我最喜欢的是一篇短篇小说,约翰·纳詹达所写的《终于如此》。一个受现代殖民学校教育长大的记者回到他出生的村庄采写一位老人的人生经历。在现代包装下,这位记者自大、居高临下,自认为能教教老人现代生活方式的皮毛。采访结束时,却是记者哭泣着认识到,他对生活的了解是多么贫乏。这位记者的人物形象,及其对村庄的态度和整体上的矫揉造作,可以是我们这些麦克雷雷学生中的任何一人。

《笔尖》重燃了我在联盟中学时短暂经历过的写作欲望,但我还未将之付诸实践。而现在与我面对面的是乔纳森·卡里亚拉,这本杂志的名作者之一!

三

我心怀敬畏地站在原地,想同他多说几句,但不知该说些什么。张口结舌就是这么回事!我们分头离去,我觉得有些不可名状的东西,该说却未能出口。

几日后,我在主礼堂外再次撞见了他。我不能错过这机会,不

---

① 原文"use the point of a pen"(使用笔尖)与"to make a point"(表达一个意见)双关。

假思索地冲口而出。

"恕我冒昧,我写了一个短篇,能劳驾你过目吗?"

"好,你随时给我都行。"他毫不犹豫地说,然后走开了。几步后他停下来,回头道,"你现在带着吗?"

"哦,我正做最后润色,也许明天吧。"

"不急。"

我应该告诉他,我一直在考虑写东西,而不是已经开始写了。但我已将模糊的欲望转变为未成事实。现在我必须坐实这事实,不然下次该如何面对他?

我回到自己在罗富国楼的房间,立即着手起草了我的第一部短篇小说:《无花果树》。故事讲的是一个在多妻制家庭中遭受家庭暴力的女人。她膝下无子,这似乎就是夫妻间的矛盾所在。我的主人公忍无可忍,决定离开他。我能捕捉到那种无因的暴力,多年前,在父亲家中,我看到这暴力被施加在母亲身上。我狂热地写着,没有意识到自己仍背负过去的沉重。都发泄出来是一种解脱。

卡里亚拉读完草稿后归还,赞扬了写作的质量,同时也讲到一个片段与一篇小说的区别。我只描述了一件事。"你不能光说'我到达内罗毕后返回'。在那里发生了何事?起因是什么?这经历对主人公有何种改变——即使只是在细微的方面?"他讲到讽刺、改变,以及小说创作背后隐藏的逻辑,事皆有因,绝无巧合。"那女人挨打了。她逃了。然后呢?"

我回去改写了好几稿。女人仍然逃走了,但在木古莫——一棵神圣的无花果树下得到庇护,经历了某种心灵体验,但在现实中,她发现自己已经怀孕了。她会永远离开吗?身处一个生活与土地和社群密不可分的社会中,她又能到哪里去?回去?考虑到腹中的新生命,她选择回去,希望这次婚姻状况能有所改善。

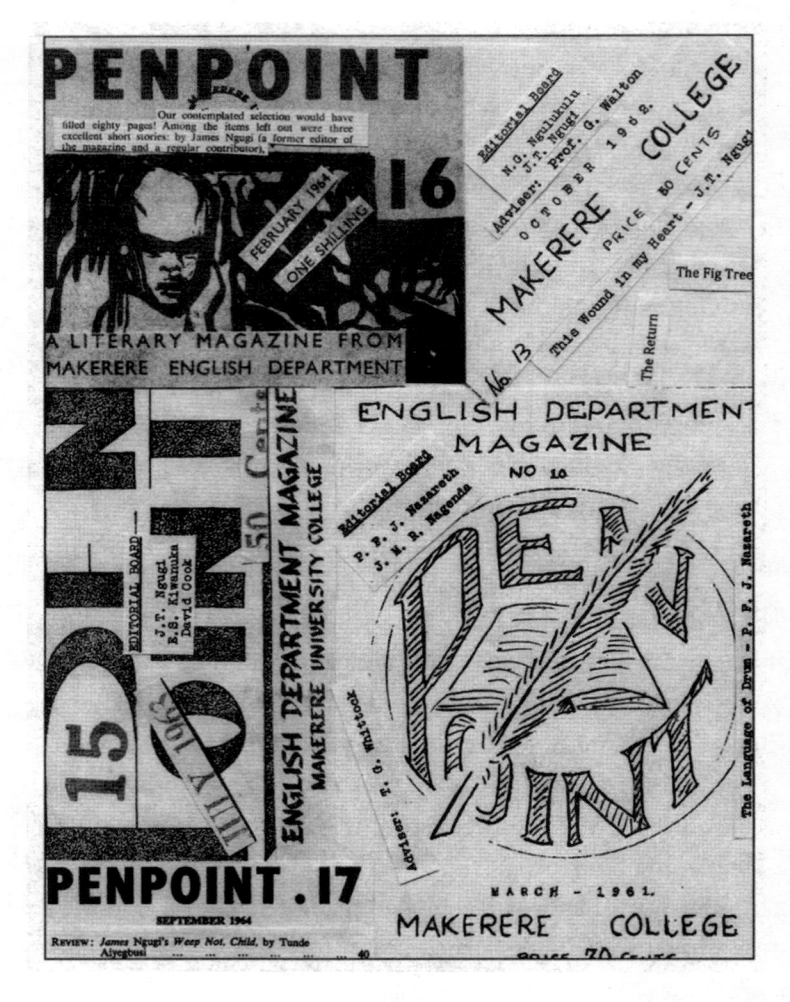

芭芭拉·考德威尔根据往期《笔尖》杂志所做拼图。图片来源：麦克雷雷大学图书馆非洲部查尔斯·赛齐托莱科先生

尽管这个故事与其中的家庭暴力元素均来自我的家庭经历，这篇小说的写法却与传记体有重要不同。我母亲共有六个孩子，最终回到其父家后，她再也没回来。小说里的冲突消解不够理想，因未言明那男人身上是否也发生了改变，但我着力描写了对那片

土地的追忆，心灵转变，以及自我感知，暗示也许她的自我认知让其在婚姻关系中更能坚守自己的立场。

《无花果树》发表在《笔尖》杂志于 1960 年 12 月出版的第 5 期。除了登在联盟中学杂志上的小说《我尝试巫术》外，这是我发表的第一部作品。我继续在《笔尖》发表了小说，总共六篇，足够让我尝试将其集结成书了。

我的私人导师 B.S. 霍伊尔先生在 1961 年 11 月 13 日所写的推荐信中提到了这一尝试，那是我在读英语荣誉课程第一年的第一学期。信中并未说我不是个有运动精神的人，或"他的英语吐字不甚清晰"，而是提到我写的论文总是读来有趣。霍伊尔还强调了我如何利用业余时间写小说，以及对《笔尖》杂志的其他贡献，又补充道："他正努力筹措出版一本其短篇小说的选集。"

实际上，我已将包括联盟中学时期少年作品的全部短篇小说寄给一些出版公司，但他们拒绝出版。不过，伦敦的哈钦森出版公司在回复中提到，如果我什么时候写成一部小说，他们希望能过目。回头看来，我很庆幸他们拒绝了那本书，因为将成熟和青涩的作品不均地混在一起，对书的世界和读书人来说，都会是一次十分令人遗憾的入场。

然而，我很高兴他们提到我可能会写一部小说。事实上，在 1960 年与 1961 年交际之时，我已着手撰写小说。

第六章　为钱写作

一

这次新探索的动机来源于一次小说创作竞赛的公告,竞赛向所有东非人开放,奖金为一千先令,在当时相当于五十英镑,由东非文学署颁发。文学署成立于1947年,隶属于管理肯尼亚、乌干达和坦噶尼喀跨地域机构的英国高级专员公署。文学署出版了许多以非洲语言写的书,主要是校园读物。书中抹除了质疑殖民制度的相关政治与话题,但让人们能接触到非洲语言写就的文本与读本。这次由洛克菲勒基金会出资的竞赛,是文学署第一次举办超出其规范与传统的活动。

燃起我参赛雄心的是隔壁新楼的住宿生乔·姆提迦,他是一位初露头角的诗人,也为《笔尖》杂志写作。虽然新楼一直被视作罗富国楼的殖民地,但姆提迦来找我时,就像一位启蒙无知原住民的探索者,让我知道除了麦克雷雷英语系、《笔尖》和宿舍楼间的较量之外,另有天地。在那里,财富和荣誉正等着我们。统治世界的幸运女神才不管恳求她的是教员还是学生,是黑人抑或白人,只青睐于勇士和挑战者。让我们勇敢应战吧,他挑战道。我无须这挑战来鼓动:装进一位贫穷殖民地学生口袋中的一千先令在前方召唤着我。我幻想着有了这笔难以置信的财富后,自己能做的许多事。

二

我身处梦中。其他人也许是为了文学荣誉而参赛,我可是实实在在为了金子。可从哪里挖起呢?我该写什么呢?

我在英文课上读过的作家——在脑海中浮现:查尔斯·狄更斯、简·奥斯丁、艾米莉·勃朗特、乔治·艾略特、托马斯·哈代、D.H.劳伦斯。我能追随他们的足迹吗?我也想起了旧时最爱:描写寻宝探险的史蒂文森。

不过,我最近读到了钦努阿·阿契贝的小说《瓦解》和赛普利纳·柯文齐的《城民》。他们两人都勇敢应战并获得出版了。他们也是为钱写作吗?

还有彼得·阿伯拉罕姆斯,他笔下黑人与白人间冲突和我在肯尼亚经历的更为相似。再说,这位作家对我来说也并不陌生。我知道他是乔莫·肯雅塔、克瓦米·恩克鲁玛和W.E.B.杜布瓦的朋友;他们一起参加了1945年在英国曼彻斯特举行的第五届泛非大会,这是反殖民主义抗争的转折点。其他人都回到了家乡——乔莫·肯雅塔作为茅茅领袖被监禁在肯尼亚,此时仍在狱中日渐衰弱;克瓦米·恩克鲁玛作为煽动者亦入狱,出狱后成为总理;杜布瓦因支持社会主义与和平运动,在美国以敌国间谍罪名受审,指控撤销后,仍被没收护照。而阿伯拉罕姆斯,这个流放者,被迫离开其深爱的南非之人,却留在了英国,想要追随莎士比亚的足迹。他继续为《观察家报》撰文,那些小品后来集结成《回到戈利》,描写他重返故乡南非的经历。这个人是真能写作的:《雷霆之路》《为乌杜诺而愤怒》,还有《诉说自由》。最后一本的题目,当我就读联盟中学时,在艾伦·奥戈特手中第一次见到就为之着迷,后来又在麦克雷雷图书馆里找到了它。彼得·阿伯拉罕姆斯一直怀有成为职业作家的梦想。他为钱写作。

我也刚刚读到乔治·莱明写的《在我皮囊的城堡中》。历史教师谢丽尔·戈泽尔允许我在她的家庭图书馆中研读。莱明来自巴巴多斯。这怎么可能呢?书中的加勒比世界引起我如此强烈的共鸣,以至于也想如此写作。写肯尼亚的一个村庄。写利穆鲁。写我在枪林弹雨中去上学的经历。写生活在无尽噩梦中是怎样的体验。写一个重焕生机的社群的故事。

想比做容易。我脑中空空,没有成型的故事。我的利穆鲁和肯尼亚仍是已逃离之地。但我想写它们,我想理解这段经历。我想写那些被捕并被带去地方军营区的女人,她们回来后对发生的事保持缄默。你能看出她们不一样了,但无人谈起。东一处西一处的耳语,不时有一两个被经历逼疯的人会说起折磨和插进阴道的瓶子,她们不会谈及细节,只有在疯狂状态下,才能在公众场合承认。男人也被用瓶子鸡奸,一些人的睾丸被挤碎,除非处于"疯狂状态",他们无法诉说。

我断断续续写下一些潦草的字句,皆未成文。我心中沮丧。我曾生活在遍布恐惧之地[1],却无力将其描绘。我了解恐怖,却无法付诸言语。我曾目睹村庄被夷为平地,却不能捕捉那荒芜之景。

---

[1] 参见《战时梦》和《中学史》。——作者注

面对曾经身处其中、且有成千上万生活在集中营和村庄中的人仍受困于此的现实,我无助至极。

但乔·姆提迦正在写。他读给我一些片段,听起来像是民间传说,但大部分时候,他把故事讲给我听。我提出疑虑,他说他们没规定寓言不能算是小说。他自信满满,我已经可以看见幸运女神冲这位快乐的恳求者微笑的情景。但我也希望她青睐于我,而乔是如此鼓舞人心。奇怪的是,我才是那个写了小说《无花果树》并获发表的人,可他跟我说话的口气就好像他才是经验丰富的文坛老手。

后来有一晚,我耳边响起一个旋律,然后是歌词。白天,它随我穿过罗富国楼与新楼之间的庭院,踏上图书馆旁的小径,路过主礼堂,来到位于女王庭院的课堂上。它与我形影不离。我唱起这首歌,或者不如说,这歌的旋律与歌词一起在我脑海中回响。

> 我的父亲母亲
> 如果这是我们祖先的时代
> 我会向你们要牛羊
> 如今,我请你们送我去学校

> 我的父亲母亲
> 旧日英雄呼求长矛来保卫国土
> 今日英雄则需笔板以拯救国家
> 因此,我请你们送我去学校

二十世纪五十年代,我们曾在蒙果唱起这首歌或其改编版本,直到由非洲人独立建设并管理的学校被殖民政府关闭,并作为受政府控制的机构重新开放。① 政府禁唱了这首歌,因为它提到了争取土地、自由和教育的斗争。我知道禁令仍在,但我是在乌干达——一个保护国,这里看不到持枪的殖民者。这并不是说对于我,一个吉库尤人、恩布人和梅鲁人社群的成员来说,存在绝对安全之地。这事未曾发生在我身上,没有白人在坎帕拉的大街上拦下我,要求查看我的身份证,但我知道早先在1952年,稽查队曾到麦克雷雷来揪出受茅茅感染的学生。其中一些人失踪了,其他人失去了就读名额。但那是以前,不是最近的事了。在肯尼亚,这首歌仍能给我带来麻烦。但就算是在肯尼亚,也没有任何权力能阻止一首歌在脑海中响起。我记起了歌词,这具有颠覆性的地下之歌——抑或历史之歌?殖民政府企图用无数白人的谎言来掩盖这段历史。我的想象力把它挖了出来,这是一段活生生的历史。

那些记忆回来了:每天徒步跋涉到数英里外的小学;穿的不如某些学生的老师们也要步行往返,只有少数幸运儿有辆旧自行车;屋顶漏雨的建筑;凯亚这样的地主让出部分土地,为公共利益而建的学校才有立足之地;是的,还有穷尽积蓄的平凡男女,捐出鸡、羊、牛,以及任何能够换钱的东西,来为老师发工资,或为新建筑筹建款、为课桌买材料。有的学校让学生们自制课桌椅,作为木工课的一部分。这些集体牺牲都是为了建学校。

科菲尔德诋毁了这种牺牲,对此嗤之以鼻。他只知道把这些人归于丛林与野兽之境。通过上交人头税和棚屋税,非洲人民贡献了大部分的国库资金,殖民政府却将这笔资金中的主要份额用来扩充欧洲学校。非洲人交的税建造并维持了欧洲学校。同样是这些非洲人,不得不自食其力建造自己的学校。这是双重牺牲:为

---

① 参见《战时梦》。——作者注

了欧洲和他们自己的福利。肯尼亚第一所教师大学的建立标志着独立学校运动的高潮。格桑古利,哦,格桑古利如今成为一座绞刑场,一处其创建者的屠杀地!而梦想呢?

那种决心和集体意志击中了我,我想把它们写出来。对教育的大众狂热,集体怀揣一个有意义的未来之梦,我想讲述它们的起源,为学校而兴起的抗争。一位赤脚的教师是这梦想的核心。他是世界的解释者,他把世界带给人民,他是未来的先知。我是如此急切地想写出这个故事,如同患了高烧,愈演愈烈。一个教师人物的轮廓开始在我脑海中成型。他名叫维雅基。为什么要在成千上万个可用的名字中选这一个?但维雅基并非只是一个普通的名字,它在吉库尤人中引起共鸣。它是一个传奇之名,一个历史之名。

1890年10月11日,维雅基与不列颠帝国东非公司的代理人弗雷德里克·卢格德以血为盟,立下和平契约。吉库尤人会为英国商队提供食物,公平交易。但卢格德及其手下都另作他想,并无和平之意,其中以埃里克·史密斯和威廉·J. 珀基斯两人为甚。他们想要武装平定,为白人殖民地攻占领地。为此,他们在达格瑞提建造了史密斯堡。维雅基带人突袭了城堡。最终,维雅基受伤被俘。他被沿街示众,押到海滩后死去,被埋在名为基巴齐的地方。但在传说中,他是被活埋的,面向地底,头朝下。他的死亡教给我们希求土地、自由与教育意味着什么。

我所虚构的维雅基与那个历史人物不同。他是名教师,是前者的化身,但手中握笔而非持矛。他们说,笔较剑更强大。我给小说中的人物取这个名字,是为了致敬历史上的维雅基。这名字将我带回到肯尼亚历史的早期:想要了解现在,我的现在,就必须首先面对过去,我的过去。现在是由过去的风起云涌塑造而成的。

在维雅基被打败、欧洲人和传教士前来殖民后,土地、自由与教育成了当时的政治主题。但女性割礼的问题成为政治战场。二十世纪十二年代,那些掌控着非洲教育的传教士颁布法令,他们的学校只收其家长放弃行割礼的学生。教师们也要废除这种做法。此外,学生、教师和家长必须签署基罗瑞文件,保证他们不会加入诸如哈利·苏库及其后的乔莫·肯雅塔所领导的那些民族主义组织,只能加入经传教士或政府批准的会社。这种强调让人们明白,真正的目标不是这种厌女的传统习俗①,而是反殖民的民族主义。

我就这种习俗展开思考。在一个法律、行政和政治生活皆基于年龄系统的社会中,这是许多种过渡仪式之一。割礼是每个人都要跨过的、童年与成年间的界线。它决定了义务、职责与法律责任。

但任何习俗都无神圣之处。随着新知识的引入,习俗会改变。犹太人曾以活人献祭。但亚伯拉罕和以撒的故事告诉我们,后来他们以牲畜代之。许多其他社会也曾经历过同样的阶段。我不赞同比其存在基础流传得更久的习俗。

后来,我曾在报纸专栏中称女性割礼是野蛮的,非洲社会应该摒弃这种习俗,并补充说"必须从各个角度毫不留情地批判它"。这一定代表了我当时的想法,但回首此问题所引发的政治与文化冲突,我也清楚,不能只是用合理的医学隐患来压制正当的政治要求。应将两者分开,然后宣教,但不能通过抵制一种压迫性的习俗来达成压制性政治目的。此时的我还没有想清这一点,我想要发掘这一话题。就创造一个为这习俗所害的女性角色吧。这是我创作尝试的起点。

---

① 参见《战时梦》。——作者注

另一个人物的轮廓浮现出来。她是一个来自我过往的形象。在蒙果上学时,有一次,我翻过带刺的铁丝围栏,试图以一个获胜者满不在乎的姿态一跃而过,好让她赞叹。我摔倒后伤了腿,她朝我一瞥就走开了。那一眼,混合着发笑、骄傲和不明所以,在我忘记她的模样与自己的伤痛后仍历历在目。这轮廓需要一个名字:木索妮,姻亲,内向而自知,目光中带有超然、骄傲与获知原因的欲望。我辨不清这些感情,但这个人物吸引了我。

木索妮需要一个姐姐,她的反面,一个顺从而非对抗的人,但她们相互友爱。她的轮廓以恩扬布拉这个名字出现,意为降雨者。她是吉库尤民族的传奇建立者们的九女之一。

她的另一个名字是姆维萨迦,意为伊萨迦氏族之母。但降雨者恩扬布拉听起来更像是木索妮内向的姐姐该叫的名字。

恩扬布拉也是一个真实人物的名字。她的父亲基蒙亚是其祖父木寇玛·瓦·恩吉利利的次子,是民族主义传说中的人物。木寇玛是殖民政府委任的酋长,因领导反殖民抵抗而失去了这不名誉的头衔,当时英军企图接管泰戈乃附近的土地——埃萨卡·基亚·坎亚瓦作为白人士兵的殖民地。他的房子与许多人的一样,被殖民警察纵火烧毁。他们不得不搬去戴伊亚。但人们从未忘记他的勇气与抗争,他的名字被载入歌谣。其中一些讽刺歌曲把木寇玛与基那朱依——凯伦·布里克森的回忆录中英勇的酋长,在民族主义者的记忆里却是一个令人厌恶的形象——作比较,问两人谁更伟大:

> 恩吉利利之子木寇玛
>
> 与葛西利穆之子基那朱依
>
> 谁是更伟大的领袖
>
> 一定是基那朱依
>
> 他全照白人吩咐的做

恩扬布拉,1960年。图片来源:恩古吉的儿子基蒙亚·瓦·恩古吉

　　恩扬布拉是木寇玛之子基蒙亚的长女,取名自她的祖母。从父母两边的亲缘上来说,这名字都源自传奇。

　　我比她长三岁,但恩扬布拉·瓦·基蒙亚与我一同长大,两家相距不足一英里。我们有同样的儿时伙伴,上同样的学校,先是在卡曼杜拉,后去了金扬戈利。我接着读中学,她没有。然而,我们的道路越是不同,心也就越快地向彼此靠拢,到了1959年我前往麦克雷雷时,我们已立下两人都对此早有预感的灵魂契约。

　　现实中的人与纸页间的生命汇聚成一个生动的形象,它们共

享一个名字,且都具备降雨的能力。从我记事起,雨水就是记忆中的一部分。我们总以同样的调子唱起不同的词来迎接它:

> 雨水倾盆
> 我以牛犊为你献祭
> 一头两头
> 脖上挂着铃铛
> 叮咚叮咚①

恩扬布拉来自神话与历史,维雅基来自历史与神话。恩扬布拉和木索妮需要一位父亲。约书亚这个人物集合了我所认识的数位把地狱里的磨难挂在嘴边的新教牧师形象。

透过约书亚、恩扬布拉、木索妮和维雅基的四脚凳,一个有关土地之魂的拼搏故事赫然浮现。我将其设定在早期欧洲向内陆殖民扩张之地。彼时我尚未出生,但感觉很合适。我甚至能看到那片土地,它具有我到尼耶利向贝登堡②致敬时途经穆拉雅所见到的全部景色特征。萨加纳河两岸是睡狮之地,那些狮子随时可能咆哮着醒来。透过时间的迷雾,我看到的一切引发了我的想象力。

我内心在颤抖。我匆匆写下几行字,颤抖仍未停歇。我迫切想要看清这一切,迷雾藏起了原本清晰的关联,这却使得他们更引人入迷。就像魔法。就是魔法。想象力是一种能让人越过时间与空间,将事物联系起来的魔法。

多年后,丁威迪会讲起这个故事:一日傍晚,我敲响他家大门,举止严肃,表情担忧。他请我进来,以为有什么急事,将我领到外

---

① 原文为斯瓦希里语。
② 罗伯特·贝登堡(Robert Baden-Powell,1857—1941),英国作家与艺术家,第一代贝登堡男爵,国际童军运动创始人,去世后葬在肯尼亚的尼耶利。

廊,远离正在弹琴的伊冯,好听我私下倾诉。

"我恐怕已经开始写一部小说了。"我脱口而出,相信他会理解。

事实上,我早先已给他写过一张含蓄的便条,告诉他自己写小说的打算,以及可能会请教于他,虽然没说会在这种尴尬的时间,因为我以为他已经知道了。在写作过程中,我会在很多尴尬的时刻找他请教,他未有怨言。

但那第一次至关重要。我不记得确切的对话了。他给我倒了一杯果汁,也许希望能哄我道出来访的真正原因,但我对之前的坦白没有再添一个字。我感到有点蠢。他看起来迷惑不解。写小说不是个坏主意,他向我保证说,写完了随时都可以拿给他看。"你想好小说的名字了吗?"他问。

"是的,'与上帝角力'。"

三

这是暂定名,来自《圣经》创世记三十二章二十四至二十六节中,雅各在照看他的家人于夜色中安全渡河后,与天使角力。

> 只剩下雅各一人。有一个人来和他摔跤,直到黎明。那人见自己胜不过他,就摸了他的大腿窝一下。雅各的大腿窝就在和那人摔跤的时候扭了。那人说:"天快亮了,让我走吧!"雅各说:"你不给我祝福,我就不让你走。"[1]

这人与胜过他的力量角力的景象令人难忘。它在要求、敬重与反抗之间达到了阴沉却恳切的平衡。这景象在我心中引发一种

---

[1] 原文引自英文标准本《圣经》,此处使用和合本修订版译文。

情绪,与我独自在房间里所做的拼搏和谐一致。我试图做成的是在麦克雷雷从未有人做过的事。姆提迦和我在写小说的消息传开了,激起的不是敬佩,而是同学们嘲讽的窃笑,至少有一些人是如此。"我听说你在写一本书啊?你才读了一年多,就觉得自己能做教授们都成不了的事?"

就好像他们都已忘记麦克雷雷的入学誓言。等级不能阻拦人追寻真理,至少不能阻止这样做的决心。就连孩子也能指出皇帝没穿衣服的事实。再说,在不同国家不同地域里,已有前人做到了。别人能做的你也能,我鞭策自己。这句话是我在蒙果上小学时从一位老师那里听来的。他说这话的方式更夸张。一个人能做的事,其他人也能做。但我需要缪斯的垂青。

偶尔,会有人真诚地询问我成事的可能性。隔壁宿舍的彼土利·基普拉加特不时来访。他始终是我们在联盟中学读书时那位鼓励他人的级长。他比我高一级。他好奇的询问不啻一剂兴奋剂。

1961年中连续数月,我从其他的学校义务中挤出时间,奋力写小说。一日,我突然遭遇了瓶颈,不论是雅各与天使角力的故事,还是祈求缪斯不要舍我而去都无济于事。绝望悄声安慰道:你为什么要做这个呢?写作不会影响你考试成绩的好坏。你要的是学位,又不是文学谱系。我屈服了。我不想再继续。

下一次与乔·姆提迦见面探讨写作进度时,我讲了自己的绝望。姆提迦并未被击败。他谈起了奖金。整整一千先令!想想这奖金。他太棒了。我们是竞争对手,但他仍这样鼓励我。好吧,我会试试。我会面对这瓶颈。

缪斯回来了。接下来的几个月中,我乘着高涨的兴致之浪写着,时间的迷雾渐渐散去。我又找到姆提迦,告诉他这惊人的进步。唉,现在是他卡壳了。他想放弃,宣称自己做个诗人就满足了。不,我督促他,把他自己的话说给他听:想想奖金,簇新的、价值一千先令的钞票,有的印着乔治国王的头像,有的印着伊丽莎白女王的头像,想想等待着胜利者的财富。我劝说了好几日,但他并未回以"我会试试"或乘上新一波欲望之浪这样的话。不管我如何努力,他都拒绝抓住文学的救命草。我知道无望了,因为他不再追着给我看他写的东西,或是询问我写的怎么样了。我倍感孤独。

我想起现实中的恩扬布拉来。她在期待着。我想念她,想和她在一起,回家度假时与她共度的时光总嫌太短。但通过我小说中的恩扬布拉,我能感受到另一个腹中怀着孩子的恩扬布拉与我同在。当然,小说中的恩扬布拉不是照着真人塑造的,只是灵感的来源,她们名字上的相似虽稍纵即逝,却足以鼓励我。有时,只是想起她在书里看到自己名字时的笑容,就为缪斯的召唤增添力量。

9月10日,现实中的恩扬布拉诞下我们的儿子,随我父名提安哥。从此,我有了两种生活:在肯尼亚是有家室之人,在麦克雷雷是学术之人。家庭会影响我安排学术和文学生活的方式:为我用纸笔所做之事提供了一个焦点,一个可感的理由、动机和目的。

不知怎的,我坚持写完了。我把手写的文稿拿给丁威迪看。把我第一部小说的完稿给别人看这一事实促使我做了一件一直该做却未做的事——写日记。第一篇日记的日期是1961年11月3日:

> 决定写日记。已经考虑了很久。但今天,在翻了一眼萨默赛特·毛姆的作家笔记后,这主意又强势回归了。那是在

丁威迪先生家里。我们坐在他的书房里。全是书。他妻子在弹钢琴。丁威迪先生正和我讨论我的第一部小说。不知为什么，管它叫"我的小说"时我有种负罪感。但它就是。"黑人弥赛亚。"丁威迪先生真好。他怎能如此费心？有时候，我都没听自己在说什么。他妻子的钢琴弹得妙极了。我觉得自己喜欢钢琴曲。后来她停下来。寂静。继续讨论……

他做出有用的评价，建议用图像来讲故事。除了说一个人物又高又瘦，为什么不用描述性词语，例如"瘦高的"或"瘦长的"？我能看出，他在努力掩饰，不过多表达自己的情绪，但底线是——他喜欢这小说。我很高兴。

在肯尼亚度过十二月假期时，在拥抱新生命的间隙里，我找出时间对照丁威迪的评语修改文稿。我大胆做成了在肯尼亚或东非史无前例之事：写一部小说。我知道，也有自称是肯尼亚人的欧洲人写过小说。其中为首的是埃尔斯佩思·赫胥黎，她写过《政府大楼前的谋杀》(1937)、《红色的陌生人》(1938)、《值得爱的事》(1954)。此外，还有美国人罗伯特·鲁瓦克写的《贵重之物》。但他们写的是白人主人公在非洲的冒险，黑人与当地动植物不过是其中的装饰性背景。

如今，我感到空气中有一种氛围，而我亦参与其中。不光是我生活的新现状。在这个国家里，到处弥漫着我们多年未见的景象。希望。乐观主义。我们在成事，我们在创造历史。

我们生活在后紧急状态时期，戒严令在1960年废除了。肯雅塔在8月21日获释，坦桑尼亚于1961年12月9日取得独立——这些事件带来光辉。我知道这光辉意味着什么：新黎明到来的希望——这个国家的希望，身为作家的我的希望。恩扬布拉带到世上的新生命的未来希望。一个崭新国家诞生的希望。

恩古吉的弟弟恩吉举。图片来源：恩古吉的儿子基蒙亚·瓦·恩古吉

我赶上了截止日期。但我不想把手写稿寄给文学署。我只有这一份底稿,寄丢了怎么办?

　　1961年12月31日,在弟弟恩吉举的陪同下,我乘大巴来到内罗毕,步行至东非文学署,上交了小说书稿。小说题目已从《与上帝角力》改成《黑人弥赛亚》,日后出版时,定为《大河两岸》。

第七章　黑玩偶与黑面具

一

初到坎帕拉时,我以为生活在这座目之所见皆是黑人的城市里,我终于能逃离那种黑人与白人对立的意识,这意识决定了我在受白人殖民者支配的社会中生活的现状与历史。很快我意识到,生活在其主要问题被 W. E. B. 杜布瓦描述为"肤色界限"的二十世纪,每个黑人都迟早会意识到自己的身份。在肯尼亚,我们称之为"肤色壁垒",这个词在非洲语言中被译为"卡拉姆巴"及其变体。"我们抵制肤色壁垒"是乔莫·肯雅塔的动人号召,在离别十五年后,他于1946年回到肯尼亚,在要求土地与自由的斗争中领导肯尼亚非洲联盟[①]。

"肯尼亚是黑人的国土。"我们如此唱道,以此反对欧洲殖民

[①] 肯尼亚非洲联盟(1942—1952)。1960年成立的肯尼亚非洲民族联盟是有意致敬遭取缔的前者。——作者注

者宣称肯尼亚是白人高地。他们的说法在埃尔斯佩思·赫胥黎的著作中永久流传。殖民政府站在文学著作这边。但口口相传的才是人民的心声,即便在政府禁止了土地与自由军的歌谣与诗歌后,歌唱和舞蹈仍在那些被赶上带铁丝网的卡车、押到集中营里的众人中激起反抗精神。他们唱道:

> 把我们逐入集中营
> 关进监狱
> 或是流放至远岛
> 我们绝不停止为自由而战
> 肯尼亚是黑人的国土①

这首歌表达了反抗,以及对黑人身份的集体认知。但另有一种对个人对黑人身份的认知,你不仅是一次,而是多次意识到这身份。

二

我第一次意识到自己的黑人身份并非是幼时在大街上见到欧洲人,或那些在我们村庄买鸡蛋并寻欢的意大利战俘修路工。他们的肤色显然不同寻常,曾管这些外来者叫姆尊古——意为无肤幽灵——的人以儿童不加评判的眼光看待他们。规范不是被发现的,而是被认为理所当然的,无须认可或反驳。我第一次真正意识到自己的黑人身份,是当一个肩扛机枪的年轻白人军官一拳打在我脸上,我眼冒金星,却无法以牙还牙,虽然我刚受过割礼,赢得了

---

① 原文为斯瓦希里语。

男人身份，按理必须反击。①

第二次是在我中学毕业后遭监禁时，下令的是一个白人军官，他比我大不了多少，也未受过更高等的教育。② 我见过成年人在他的话语前畏缩，想起李尔王说过，就连掌权的狗都能得到服从。白色是权力的颜色。白人永远能挫败黑人，直到黑人也显示出力量。黑人掌权是应对白人权力的唯一答案。唯有如此，双方才能进行平等对话。

第三次意识到自己的黑人身份时，我遭遇的是一种与联盟中学的传教士、肯尼亚街道与农田里的官僚和殖民者及麦克雷雷戴帽着袍的学者都不一样的白人。这种人看起来似乎不合时宜、不得其所。他们难以形容，你得在东非农林研究所工作才能得见。

研究所设立在木古迦，位于内罗毕与利穆鲁之间的内罗毕-奈瓦沙路旁，是根植于十九世纪争夺非洲的帝国主义国家相互竞争的结果。在1884年的柏林会议后，德国人分得了坦噶尼喀和乞力马扎罗山。1902年，他们在乌桑巴拉山脉间的阿马尼建立了一个研究站。德国人在第一次世界大战中战败后，坦噶尼喀易主。1928年，新的殖民地所有者——英国人——将阿马尼改名为东非农业研究站，并于1948年将其迁到肯尼亚的木古迦，合并为东非农林研究所，命其负责英属殖民地肯尼亚、坦桑尼亚和乌干达的共同研究需求。

我到那里是为了找份工作。麦克雷雷的学年中有三次让学生们返家的假期。在紧急状态的高峰期，一些肯尼亚学生申请特殊许可，留在麦克雷雷。随着紧急状态于1960年正式结束，我们抓

---

① 参见《战时梦》。——作者注
② 参见《中学史》。——作者注

紧一切回家的机会。起初,在二等车厢中往返感觉不差,但新鲜感过去后,我们发现坐大巴虽没那么舒适,但要快得多。如果你找到了工作,越早去上班越好。

假期工的工钱弥补了少得可怜的学生津贴,但工作很难找。你四处申请,得到回复就是天降好运了。因此,当我读第一年没多久就获准到研究所的图书馆工作时,感到十分幸运。

研究所距利穆鲁有十三英里路程,我通常走着去。就算我正好赶上车次不定的大巴,也还是要步行最后的两公里,从奈瓦沙-内罗毕主路走到位于森林深处的研究所。

起初这十分新鲜:我憧憬着为科学家、研究员和严肃思想家工作,这些人致力于实现麦克雷雷的入学誓言:不倦追寻真理。引导他们的是事实而非杜撰,理性而非感情。

薇薇安娜夫人①是图书馆的部门领导。她下面有副手斯马特·奥格里瑞②,再下面是非洲人助理摩西·瓦奈纳③。在任何一位白人官员面前,摩西都是阿谀奉承的人形化身。只要有他们在,摩西就会立正站好,迅速抹去存在感,直到他们走出视线,如果是薇夫人或斯马特·奥,就等到他们指示完毕。他们走后,他又慢慢变回明显可见,其程度和与前者间拉开的距离成正比。对待自己的手下员工,摩西的态度却截然不同。他期待他们也同样对他卑躬屈膝,他们如不肯,他就容不下这些人,苛待他们,直到最终把他们逼走,又招来一批新人。每次,他都对他们宣讲在白人面前的正确礼仪,若他们在工作或礼节上达不到他的要求,他就觉得他们是故意偷懒,好让他被开除。他同样憎恶那些试图得到薇夫人喜爱的人。他手下员工的人员流动率很高,因此总需要临时帮工。

---

①②③ 非真名。——作者注

摩西能容忍我是因为我来自麦克雷雷,且只在假期去上班,除了三个月长假之外大多只待三周。我觉得他也对麦克雷雷的学生做他的下属感到得意。一日,他发现我去白人惯用的卫生间后十分惊恐。那是为白人预备的,他告诉我。可哪儿也没写着只准白人用啊,我说。

研究员们在由试管、温室和病毒组成的世界里生活已久,以至于将其黑人下属看作某种动植物疫病,需要戴上手套小心处理。他们让我想起乔治·艾略特笔下的卡苏朋①,生活在故去之人的世界里,寻找解答一切谜题的关键。

事件在他们周围发生,麦克米伦的风暴正席卷非洲,但这些人似乎并未察觉到历史的前进。欢乐谷——战时英国贵族的聚居地,他们在那里靠着黑人的劳作享受奢华生活——似乎是肯尼亚历史中他们唯一了解和珍视的记忆,并试图予以模仿和复制。他们会走出温室和实验室,非礼对方的配偶,受害的一方开车或持枪追逐另一方。一次,其中三人陷入一场三角恋。他们参加了东非汽车远征拉力赛,比赛从内罗毕出发,蜿蜒穿过三个国家的尘土、泥泞和雨水。薇夫人是主驾驶,与情人同车,她的丈夫开着另一辆车紧随其后。事态演变为两车之间的竞赛,丈夫企图把他们的车撞下主路。根据摩西的说法,不知怎的,他们生还了,或者说这场三角恋在比赛中幸存下来,完好无损。

薇夫人是木古迦复制欢乐谷模式的中心人物:你结婚了,还是在木古迦工作?摩西与我分享他撞见的每一桩风流韵事,当薇夫人与某个情人将她办公室的门反锁时,他们不会碍于有他在场。尽管明显心怀恐惧,摩西足够狡猾,会不时假装无知地敲门,然后

---

① 出自乔治·艾略特的小说《米德尔马契》。

拿他们的反应取乐,尽管只能掩嘴低语或彻底沉默。

只有在详述这类事件时,摩西才会笑出来。就好像他们允许他窥探这肮脏而秘密的喜悦。

除此之外,摩西似乎被反民族主义的病毒感染了:他认为所有关于自由与黑人统治的说法都是无知且愚蠢的。黑人不能胜任。黑人有失水准。他好像真心惧怕黑人统治的可能性。新人中的一个是他的同乡,暗示说摩西可能曾是那些头戴兜帽,将土地与自由军疑犯押往绞架或集中营的人之一。

出于某种原因,我从未在卫生间里遇见过别人,这让摩西松了一口气。但假期中的一天,我用完卫生间出来时,一名员工正好走进来,后来我得知他是总管理员。他先从我身边走过,又停下来回头看,好像不敢相信刚刚目睹的景象。我把这遭遇告诉摩西,他看起来吓坏了。那日余下的时间里,他拒绝跟我讲话。每次薇夫人把他叫到办公室里,他都浑身发抖:这就是了,他会为我解手的方式付出代价。看起来不会为此受责后,他才放松下来。他跪下求我,别再用白人的卫生间了,这会危及他的事业。我并未动摇:没写着卫生间也要执行种族隔离。我可是遵纪守法的!

又一次,另一名在卫生间里遇到我的白人官员也表现出和第一位一样的难以置信。最终,薇夫人叫我去她的办公室。我手里拿着一本书,是 H.D.F. 基托写的《希腊人》。她先瞥了一眼,又要求拿来翻看,惊讶于我竟然在读这样一本书,可能也是第一次意识到我是一名大学生。然后,她试图告诉我那个卫生间是给官员预备的,我可以用其他的。她好像不知道"其他的"在哪里,只是含糊地一指。但其他的卫生间很远,我说,地方小人又多。再说,也没有牌子标示这间是白人专用的。她纠正道:"不,不,是官员。"她似乎对争论有关卫生间的问题感到不好意思,我就没有再说下去。

但两个钉子的传奇让卫生间事件相形见绌。一天,薇夫人恰巧派我到车间去替她拿两枚钉子。车间服务于整个研究所,我得走过一片四方形的草坪到那里去。印度木匠要求我出具一份监工员的书面批准,否则不肯给我钉子。因此,我走进监工员的办公室。他是个矮个子,十分喜爱帽子,有许多种用来搭配不同衣服的帽子。他能让我替薇夫人拿两枚钉子吗?他朝我咆哮道:柯文达勒塔巴汝阿。什么?回去拿证明?没有上司的信,他不能把两枚钉子托付给我?

薇夫人拿起电话说了些什么,然后负责地给了我一张便条。我又回到监工员处。他从我手中夺过证明,走进车间,我跟着。突然,他转过身来冲我吼道:toa mkono mfuko[①]。把手从口袋里拿出来?我拒不服从。他企图强行把我的手拽出来。我得努力克制,才避免了肢体冲突,没拿钉子就离开了。我把这一事件告知薇夫人。她只是说:"我来处理。"此后我就再没听到与此有关的消息。抛开她的私生活不谈,薇夫人其实很友好,起码从未当着我的面讲出种族歧视性的话语。但这一切明确指出,不论是否只是假期工,都是时候离开农林研究所了。

我离开前几周,一个标识贴在了卫生间附近:官员专用。那时,没有一位官员是非洲人。

多年后,这地方和我所遇到的人成为我的小说《一粒麦种》中的人物。一位曾在肯尼亚居住的加拿大评论家预测,我会遭到诽谤诉讼。他宣称,任何一个曾在当时的肯尼亚生活过的人都能认出小说背后所指代的真人。

---

① 斯瓦希里语。

在我就职于农林研究所期间,我构想出了许多篇小说,其中包括《乡村牧师》《暴雨倾盆》《黑鸟》。这些画面和故事与研究所无直接联系,但在寂静密林中的独行唤起了那些与其原型相似的人物形象。

这些小说发表在数期《笔尖》杂志上,也有一些发表在以地域命名的杂志上,例如《尼罗河》。其他小说,包括《黑鸟》在内,与独幕剧《反叛者》①一并于1962年被改编为广播剧,由乌干达广播站播出。在不知疲倦的大卫·库克的帮助下,担任戏剧部门主管的迈尔斯·李为《笔尖》杂志的文学创作提供了国家级舞台。

迈尔斯·李是一个神秘人物,曾为英国广播公司做自由撰稿人,在诺丁汉的鹅市上占卜,为伯明翰话剧团做舞台指导,并经营自己的公司维亚梅夫斯木偶剧院,均成绩斐然。我从未得知他为何放弃热爱的木偶剧,来乌干达做广播行业,因为他对此不曾明确谈起,只是偶有暗示。他在麦克雷雷举办的社交聚会上表现得不甚自然,但在其自己于科洛洛山举办的晚会上却如鱼得水,那是一处深受外籍人士和公务员钟爱的高档住宅区。那些前来参加他的晚会的白人看上去魂不守舍,就好像他们是一群逃犯,逃离了其所供职的、大英帝国麾下某个偏远驻扎地。尽管与农林研究所的人截然不同,他们看起来都似康拉德笔下的人物,是位于刚果或远东的某个偏远驻地的前住民。

他们中的许多人都有黑人情妇或妻子,除了看起来与妻子真心相爱的迈尔斯外,这些人都把她们看作用于公共展示的情趣用品,就像是为了证明他们没有种族偏见。

在迈尔斯的一次晚会上,我见到了留着小胡子的鲍勃·阿瑟

---

① 《反叛者》于4月6日晚10点首次由乌干达广播站播出。——作者注

尔斯，后来，他成为伊迪·阿明的重要顾问。他于1949年首次被派往乌干达执行"特殊任务"，涉嫌为英国做间谍。但彼时，引人注目的是他的小胡子而非智力，因此，我对于他日后在塑造乌干达的命运中所发挥的作用十分吃惊。

三

我第四次意识到自己的黑人身份是在文学作品中。杰拉尔德·摩尔在发表于《笔尖》的一篇文章中，把有关黑人文化认同的诗作介绍给了麦克雷雷众学子。毕业于剑桥大学，并担任麦克雷雷校外部主任的摩尔是当时的三位欧洲学者之一，其他两位是乌利·拜耳和扬海因兹·贾恩，三人均严肃看待欧陆涌现的文学作品。

三人的联系在于他们与来自萨内加尔的利奥波德·赛达·桑戈尔的作品的关系。贾恩于1951年在法兰克福遇到桑戈尔，第一次听说黑人诗作的他成为了这一新事物的学生兼译者。1958年，他出版了一部名为《黑人俄耳甫斯》的当代非洲人和非裔美国人诗选，与让-保罗·萨特所著论文同名，此文最初于1948年作为《黑人新诗与马达加斯加法语文选》的前言出版。由桑戈尔主编，他是黑人文化认同理念的三位创始人之一。另外两人是来自法属圭亚那的利昂·达马斯和来自马提尼克的艾梅·塞泽尔。

乌利·拜耳初次与桑戈尔相遇于1956年在巴黎召开的黑人作家与艺术家第一次世界大会上。他对这新事物肃然起敬，成为其学生与译者。1961年，他成立了总部设在尼日利亚的《黑人俄耳甫斯》期刊。杰拉尔德·摩尔也是桑戈尔非洲新作的英语译者。后来，他和乌利·拜耳集结出版了影响广泛的合集：《企鹅图书:现代非洲诗歌》①,其中心正是桑戈尔和表达黑人文化认同理念的诗作。

我满怀震惊一遍又一遍地阅读这首表达黑人身份的抒情诗,即使是摩尔的译笔也无法阻挡那音乐的传达。

> 黑面具,红面具,你黑白相间的面具,
> 灵魂透过矩形面具呼吸,
> 我无声地问候你。②

与此相同的是他对黑女人说的话:

> 裸女人,黑女人
> 以肤色为生命
> 以美丽为形体③

阅读表达黑人文化认同的诗歌如同在镜子里第一次看到自己的脸,而此前我只见过别人的面孔映在镜中。这些诗歌是文学的镜子,将黑人身份视为肤色、历史与真实的存在。我想起上学时就黑人耶稣和上帝的肤色而起的争论,现在有一首诗来肯定黑人身份是历史上存在的、一种活生生的价值观与力量。

然而后来,我开始对过分强调不加区分的黑人身份提出异议。我的一篇题为《把我的黑玩偶还回来:非洲的困境》投稿于1961年,并在1962年5月刊的《大学生》上发表。这题目取自利昂·达马斯的诗作《边界》中的第四节:

---

① 杰拉尔德·摩尔与乌利·拜耳合编,《企鹅图书:现代非洲诗歌》,第 5 版(纽约:企鹅出版社,2007 年出版)。——作者注
② 同上,第 316 页。——作者注
③ 利奥波德·赛达·桑戈尔著,《黑女人》,*http://allpoetry.com/poem/8594637-Black-Woman-by-Leopold-Sedhar-Senghor*。——作者注

> 把我的黑玩偶还给我
>
> 来玩直觉的简单游戏
>
> 在他们律法的阴影中休憩
>
> 恢复我的勇气
>
> 我的胆量
>
> 找回自我
>
> 这新我与昨日的我不同
>
> 没有后果的昨日
>
> 昨日
>
> 当背井离乡的时刻来临。[1]

文中,我批评了怀旧之情,当时的我认为那是一种对不可能重现的过去不加评判的渴望,并在文章的结尾处呼吁某种形式的融合,以使东非的三种生活方式——亚洲人的、欧洲人的和非洲人的——中的积极元素能够并存。我不确定这与桑戈尔所呼吁的类似的融合有多大差别,后来,这种融合在爱德华·布莱登和克瓦米·恩克鲁玛之后,被阿里·马兹鲁伊称为"三倍的文化遗产"。假以时日,我逐渐学会欣赏表达黑人文化认同的文学作品,认出这些作品代表着不同的意见。对翻译过来的区区几首诗做出回应时,我犯下了将其视为一体的过错。

将这篇文章进行改写后,成为了一篇对黑人文化认同作品的评论文章,作为我的第一篇文化新闻稿发表在1961年5月12日的《星期日邮报》上,这家报社如今已不复存在。在登在邮报上的

---

[1] "美洲大陆的现代主义非洲诗歌",课程大纲,布伦达·玛丽·奥斯比教授,布朗大学,"利昂·达马斯的两首诗",*http://osbey.tripod.com/mapa/damas.html*。——作者注

文章中，我引用了索因卡关于老虎无须以咆哮来证明自己身份的妙语。当然，索因卡也加上了积极的一句：它只是扑过去。

四

有了在农林研究所的失败经历，我转而依靠手中的笔来赚外快。但我也感觉到，自己脑中形成的观点超越了课堂论文的范畴，又无法将它们以小说的形式表达出来。我有自己的观点，有用来表达的语言，也有持续尝试的精力。

我在《星期日邮报》上又发表了几篇文章，主要是针对文化主题，同时也在继续创作用来参赛的《黑人弥赛亚》。尽管没有更改我文章的内容，那些编辑有时会为文章取不能够反应其内容或形式意义的标题。我很快了解到，为报纸写小说和特写文章的作者无法掌控其作品大小标题的最终措辞。编辑框架有时会与文章的内容及意义产生冲突。

得到发表的文章给我壮了胆，我想要在报社找份真正的工作。大学一年级后半年的一个假期，我走进《星期日邮报》报社，要求见主编。当时的报社工作人员全是白人，我不知道自己给人留下了怎么样的印象。但前台接待员记下了我的名字，片刻后，我就被领进主编的办公室。

他自我介绍叫杰克·因索，请我在巨大的红木书桌另一侧坐下。我当时太紧张了，没注意到多少，但根据他接待我的友好态度，我看出"你得到这份工作了"。从接单员写下的便条中，或是我的供稿里，他知道了我的名字，我可能是他们发表文章的第一位非洲作者。他对我进行了初试。我在做什么，做得怎么样呀？我觉得在读大学二年级这一事实会对自己不利，因此不断向他保证，我只要一份假期工。他想知道我大学毕业后想做什么。我最终的目标是成为一名记者。

我们边说着,他边给某人拨了个电话,不久,一份刊登着我的一篇文章的报纸就摊开在他面前了。我确定自己得到这份工作了。

"我想对你实话实说,"杰克说,"我读了你写的文章,很欣赏。我喜欢你写作和用词的方式,但在这张桌子后坐上几个月,这些就都不见了,那份个人观点,以及你的天赋。请不要让我们毁了你的天赋。你的前途在于写书。"

他祝我一切顺利,然后带我走到门口,彬彬有礼。但那时我需要的是一份工作,而非硬皮封面之间的前途。

我转而求职于《星期日国家报》。这家报社与其姐妹报社《国家日报》和《泰法里奥》均由东非报业(国家丛报)有限公司发行,后更名为国家传媒集团,所有人是阿迦汗。成立于1958年至1960年间的这些报社是与全国资格最老的报纸《东非标准报》竞争的初生牛犊,后者由阿里巴亥·穆拉·吉旺吉成立于1902年,1905年卖给英商后改为日报。与白人殖民者利益结盟的老报敌不过与时俱进的新报,其名称中的"国家"与"泰法"①便是对后殖民主义时代的展望。不久,《星期日邮报》关张大吉。《星期日国家报》称霸周日。

五

我为《星期日国家报》写的第一篇文章登在1962年5月刊。

---

① "泰法"(Taifa)在斯瓦希里语中意为"国家"。——作者注

又写了几篇文章后,报社派给我一个专栏,题为"依我之见",署名詹姆斯·恩古吉。

撰写每周的专栏于我是个挑战。我从未接触过新闻业。我习惯于撰写课堂上的学术论文,但很快就辨别出了一篇带注脚、充满引用与参考文献的学术论文与一篇面向大众读者的新闻报道间的区别。我学到文章要有开头、中段和结尾,文中只能表达一个论点,但其主题或主旨必须在开头就点明。

起初,为每个周日想出一个不同的题目来写同样富有挑战性。但我逐渐学会从一周的普通新闻中挑出我要写的题目。我的专栏其实属于观点新闻,是以日报上由其他人搜集并撰写的新闻报道为基础的。但我也从我的文学宝库中提取材料,用通俗的形式写出我作为英语系荣誉学生所遇到的问题。这样,那些我在课堂内外读到的作者和书的名字就能出现在一些评论文章中。

要依靠我自己对时事新闻的见解也意味着,我要对正在肯尼亚和乌干达——有时还包括非洲及世界其他地区——展开的事件形成个人看法。我尚未建立一个全面的世界观,但我成长于一个以种族为构架的社会中,在那里,白人享有财富、力量与特权,而黑人则受困于贫穷、无能和负担;白人懒惰,黑人勤勉;白人收获,黑人播种。透过这种二分法,我放眼世界。在相互矛盾、不连贯且不完整的观点中,我逐步构建出日后将出现在我的小说和非虚构作品中的主题,特别是社会中权力与财富分配的不平等所带来的问题。

事实上,对普通劳动人民社会状况的担忧在我的许多文章中都有体现,其他主题还包括教育、泛非主义、新闻自由,以及对极端主义的存疑。始终如一的是,我坚信艺术、文学与戏剧对正在形成的新非洲至关重要。在戏剧方面,我甚至号召麦克雷雷剧社组建了一个巡回演出团。文章见报十二个月后,教员和学生们成立了麦克雷雷巡演剧团。

若我在麦克雷雷就读期间所写的文章有一个贯穿始终的主题,那就是人道主义,艺术与文化在其中的地位值得尊敬。在我看来,人道主义意味着真正的人道关怀。因此,在1962年9月9日《星期日国家报》的"依我之见"专栏中,我的文章题为"我们的邻居们怎么办?",文中,我聚焦于这一困境:我们在街上遇到乞讨的邻居,却并不想相认。这帮助我引出社会中相互关爱的问题:我憧憬有一日,"肯尼亚将能为所有公民提供经济与社会福利",同时也提出警示"一个社会福利国家不能建立在乞怜海外援助——这是许多新独立的国家不得不做的事——的基础上"。

在1963年4月14日的另一篇专栏文章中,我赞扬了东非文学署出版以方言撰写的书籍。这么做,我认为,文学署"不仅帮助了儿童——否则他们就只能依靠翻译,也帮助了那些用方言写作的非洲作者"。

一次又一次,我不断回到语言问题上。尽管我感激英语的存在,但我也对其他语言的地位感到担忧,其中以斯瓦希里语为甚。

例如,在1962年9月23日的《星期日国家报》上,我撰写了题为"斯瓦希里语必有其应属之位"的文章,文中,我首先表达惋惜:非洲作者"被迫压抑音乐,在灵魂中暗自交战,因为他们不得不使用外语"。这并非由于非洲语言一定比法语或英语劣等,而是因为"对方言的学习完全被忽略了,特别是在中学和大学里"。对本土语言的忽视一直是"非洲殖民教育中的盲点"。我向所有作家、特别是非洲作家提出挑战,呼吁他们以这些语言写出更多作品,以保证有足够供阅读与学习的材料,并总结道:"我坚信,若我们想成为一个受重视的国家,就必须拥有自己的语言,用以表达我们民族的宏愿与灵魂成长。"

尽管我为非洲文化及其在新非洲所处的中心地位喝彩，我也警告读者不要不加判断地崇拜过往。在1962年8月5日《星期日国家报》上题为"让我们谨慎地传承过往"的文章中，我强烈反对两种习俗：聘礼和女性割礼。我认为，两者都存在得太久了，超出了其目的和最初原理。聘礼有时亦称嫁妆，已从过去的婚姻保障演变为"一种有利可图的商业行为"。我对女性割礼的批评更为严苛，称其为"残忍且显示出对活人献祭的麻木不仁。看到十分年轻甚至是即将独立的女性遭受割礼令人作呕"。我反对那些自认为已开化却仍"容忍这种习俗的人，他们让普通人以为此习俗与他的文化或非洲的神秘特性有特殊关联"。我呼吁各方意见领袖公开、一致地声讨这一习俗，"必须从各个角度毫不留情地批判它"。

渐渐地，我在肯尼亚及离我更近的同学中建立起一批追随者。但他们更多是出于对我在国家报章上写专栏的敬仰，而非从评论的角度上认同我所表达的观点。J. 恩乔罗格是个例外。他认为我是把自己出卖给了一家归阿迦汗所有的报社。我反驳说，他们从未干涉我的文章，也未曾授意我表达某种观点。他回击道，没有绝对独立的新闻报道，你写的是报社一致认可的。每家报社都有自己的世界观，而记者则在这个世界观的范围内工作，如果他们企图跨出这个范围，就会遭到开除。他更愿意我继续创作小说。但我没有放弃新闻报道。

在我就读麦克雷雷的五年中，我写了超过八十篇文章，大多是写给"依我之见"专栏，但也为国家报业及其他报纸和杂志写过一般的特写文章。每周从教科书的世界中抽身于市井显然是有利的宣泄，因为我的课堂功课从未受此拖累，除了个别几篇晚交的

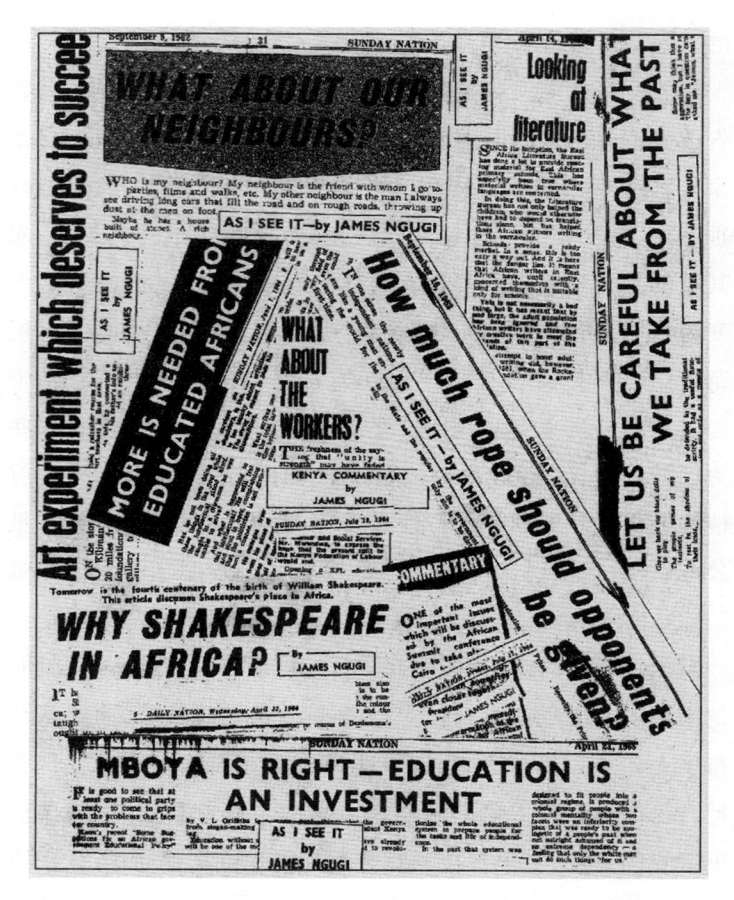

根据恩古吉在往期《星期日国家报》《国家日报》写作的专栏"依我之见"及评论文章所做拼图,芭芭拉·考德威尔制图。图片来源:国家报资料管理人员彼得·基马尼先生

论文。

发表在报纸上的新闻报道是我在写作领域的首次大举进犯。但日后,当我受邀出席1962年6月在麦克雷雷举办的第一届英语作家国际大会时,邀请我的原因明显不是我撰写的新闻报道,而是我彼时尚显稚嫩的文学产出。

第八章　过渡与巴黎来信

一

我简直无法置信。作为大学二年级学生的我被邀请参加一场文学巨匠的盛会？邀请函中甚至提到,我的作品《归来》会在短篇小说讨论中予以探讨。

《归来》讲的是一个从集中营里获释回家的人,他期盼继续被捕前的日子,好像生活会静候他归来。但没了他,生活仍在继续,历史滚滚向前,人们步履不停。现实不会如他所愿。起初,他倍感失望,如同被生活与历史所欺骗。他准备以自溺结束自己的生命,但当他站在河边、看着川流不息的河水时,从中得到一个讯息,找回活下去的力量。

这篇小说先于1961年10月在《笔尖》第11期发表,后又重刊在1962年1月的《过渡》上。《过渡》是一本新生杂志,第一期发行于1961年11月。杂志创始人拉加特·尼欧吉生长于坎帕拉,他的母亲是科洛洛小学的副校长,父亲是另一所小学的校长。拉加特·尼欧吉和哥哥拉辛、姐姐奇特拉在科洛洛和老坎帕拉中学读书。①

他的创业能力在老坎帕拉中学读书时就有所显露,当时他出版了一份制作精良的杂志,用模板复印机印刷,装订牢固,他将其命名为《朋友》。这一名称的象征——杂志旨在以文会友——也使其后来的新杂志《过渡》富有生机,那是他到英国深造归来后创办的。就其文学志向、内容、制作和展现形式而言,《过渡》在坎帕拉都是前所未见的,名副其实,代表着新旧交接之处。这份杂志是新乌干达的象征之一。

尼欧吉成了坎帕拉的社交活动中不可或缺的人物。他组织的聚会有别于麦克雷雷和科洛洛地区外籍人士所举办的那些,是文学沙龙,吸引了不同种族的作家、艺术家和歌手,都是新乌干达的先驱人物。正是在这样的一次聚会上,我第一次见到芭芭拉·基门耶。不论是进入房间、就座,还是四处走动时,她都带着一种自知容貌靓丽、衣着得体的从容,与客人谈笑风生,毫不在意所有人——无论男女——的目光都集中在她本人和她的一举一动上。

当她来到我身边,告诉我她读了我发表在《过渡》上的小说时,我十分惊讶。她对我说话的态度就好像我是个已获得认可的作家。这成了一种惯例:每当我们在尼欧吉的聚会上相遇,她都会抽空在我身旁坐下,与我谈写作。这样一位穿着华丽、担任布干达国王的私人秘书、且有着谜一般背景——相传曾旅居牙买加、英国、坦噶尼喀和乌干达——的女士会对写作这等俗事如此兴致勃勃,似乎是很矛盾的,更别提作者还是我这样的学生,仅有的成就

---

① 感谢彼得·纳泽瑞斯向我提供了以上个人信息。彼得和拉加特曾就读同一所学校,拉加特比他早两年入学。——作者注

是在《过渡》上发表过一部短篇小说,以及在英语系办的杂志上发表过一些别的作品。

最终,她提到了自己的写作兴趣。芭芭拉后来成为乌干达与非洲的著名作家,著有摩西系列小说,是新非洲文笔最佳的作者之一。隐藏在晚会魅力之后的是一颗极度敏感的灵魂,以及妙趣横生的想象力。

《过渡》使新生代作家与知识分子得以欢聚一堂,很快又吸引了一些来自乌干达内外、走在时代前沿的非洲知识分子。但我收到邀请函时,《过渡》仍是一份处于创始期的杂志。有无可能是我登在《笔尖》上的文章吸引了这个名为"文化自由大会"的组织从巴黎来信?不过,并非每一个为《笔尖》供稿的人都收到了与会邀请。《过渡》标志着我自身的文学过渡期:从一个为系里杂志写文章的学生成为世界性作者。倒不是我真相信自己的作者头衔,但我仍得出结论,是登在《过渡》上的文章让麦克雷雷以外的读者注意到了我。

接着我想起来,这封信是通过麦克雷雷校外部送达我手中的。我曾给杰拉尔德·摩尔看过当时题为《黑人弥赛亚》的初稿。他邀我到他在学校的住所中,在外廊上,他讲了许多,说起新一代尼日利亚作家、《黑人俄耳甫斯》杂志、尼日利亚的姆巴利俱乐部和那些作家,特别是弹吉他的沃莱·索因卡。摩尔带着提起社交好友的熟悉感谈论他们。当他最终说到我的书稿时,他问我黑人女性是否有蓝眼睛。为什么这么问?因为我将《黑人弥赛亚》中的一个女性角色描写为"有着一双美丽的蓝眼睛"。当我突然理解了他的暗示时,尴尬至极,几乎没注意听他对书稿的其他意见:我只想回到房间里,改掉蓝眼睛的描述。我读了太多白人作家写的小说,是在透过欧洲人的目光看待一位非洲黑人女性。

我以为,作为大会组织者的东非出头人,是杰拉尔德·摩尔在读了《黑人弥赛亚》后提名我参加会议的。对此,我从未十分肯定,因为我同样不确定,麦克雷雷为何会被选中举办有史以来第一次全非洲大陆的英语作家大会。有可能是为了促进落后于西、南非的东非文学创作。

不论是何种因素促成了对我的邀请和地点选择,当我在1962年6月发现自己置身于当代文豪之中时,都倍感兴奋。与会者包括主办人伊齐基尔①·木法里欧、布洛克·莫代西恩、路易斯·恩科西和亚瑟·玛美恩——他们都是来自南非的流放者;来自尼日利亚的沃莱·索因卡、钦努阿·阿契贝、克里斯托弗·欧基堡、J.P.克拉克和多纳图斯·恩沃迦;来自加纳的科菲·阿乌纳尔(当时使用的名字是科菲·阿乌纳尔-威廉姆斯);还有我们来自东非的代表团:格蕾丝·奥戈特、《笔尖》的三位作者乔纳森·卡利亚拉、约翰·纳詹达和我。拉加特·尼欧吉和他的《过渡》杂志存在感明显:就好像这份杂志与大会同时诞生于东非的过渡时期,亟须彼此。从加勒比海地区到来的是亚瑟·德雷顿,从美国来的是新近出版了《问你的妈妈》的兰斯顿·休斯,以及杰出的非裔美籍评论家桑德斯·雷丁。

兰斯顿·休斯的到来为聚会带来地理的广度与历史的纵深。他是哈莱姆文艺复兴运动的关键人物之一,这运动也影响了黑人文化认同理念的创始人们。他参加了1956年在巴黎和1959年在罗马举行的黑人作家大会,两次会议均有黑人世界的著名人物出席,包括弗朗茨·法农、艾梅·塞泽尔、赛达·桑戈尔和理查德·赖特。因此,来到坎帕拉的休斯是麦克雷雷大会与罗马、巴黎大会

---

① 后改名为伊斯基亚。——作者注

的象征性联系,后两者均由伟大的文学杂志《非洲的存在》组织,其创始人和主编是阿里尤涅·迪奥普。

但对于休斯,我所知更多的是他的名声,而非其作品及与历史的关联。一年前,哈莱姆文艺复兴的代表诗人兼小说家阿纳·邦当来麦克雷雷演讲,为我们介绍了兰斯顿·休斯、哈莱姆文艺复兴,以及他们之间的友谊与合作。

会议在罗富国楼举行,这是我的地盘,我感觉自己如同成了这次始于1962年6月11、止于同月17日泛非主义集会的主持人。

此次大会被誉为是以英语写作的非洲作者首次全球集会,由尼日利亚伊巴丹的姆巴利作家与艺术家俱乐部和麦克雷雷大学校外学习部联合举办,出资者是文化自由大会。鉴于姆巴利俱乐部是在文化自由大会的帮助下于1961年成立的,这其中便带有某种自我强化的意味。

参加此次令人赞叹的集会的有二十九位作家、五位政治与文学评论编辑、四位评论家、五家(英、美都有,但以英国为主)出版社的代表人,以及三位来自法语国家的旁听者——共计四十五名。

大会分为研讨论文、评论家发言,以及探讨小说、戏剧、诗歌与短篇小说现状这几个阶段,再加上对东非短篇小说——也就是我、约翰·纳詹达和乔纳森·卡利亚拉的作品——的讨论。

二

对于一届并无非洲语言作者参与的会议,有趣的是,主导开幕仪式的是围绕什么是非洲文学所展开的热烈讨论。后来,这讨论引起了一位没有参加会议之人的尖锐评论。旨在回顾大会内容的第十期《过渡》杂志上刊登了欧比·瓦利撰写的一篇文章,他认为，以欧洲语言书写的非洲文学正在走向末路。

但作为一个起步作家，对我来说最重要的并非哲学与意识形态的讨论，而是对文本细节的分析，特别是在写作技巧方面。

在小说讨论中，阿契贝的《瓦解》和亚历克斯·拉·古玛的《夜晚漫步》作为不同种类现实主义的代表成为中心议题。当时，因持反对种族隔离制度的激进态度，亚历克斯·拉·古玛遭到软禁，丹尼斯·布鲁特斯入狱。布鲁特斯的诗集《警笛、指节与靴子》和拉·古玛的《夜晚漫步》刚由尼日利亚的姆巴利作家俱乐部出版。布鲁特斯笔下形象的明确性常被用来和奥基格博的《奥秘》作比较，并被认为更胜一筹。就个人而言，克里斯托弗·奥基格博才是大会上更平易近人的那位作家。日后，他作为支持比拉夫的士兵在尼日利亚内战中战死。在大会上，他是一位充满活力与魅力的年轻人，对那些宣称他的作品深奥难懂、受杰拉尔德·曼利·霍普金斯、埃兹拉·庞德和 T.S. 艾略特过度影响的评论家不屑一顾，并回以一句著名妙语：他说，他写的诗是给诗人看的。

随后进行的是短篇小说讨论，我和南非作家亚瑟·玛美恩的作品成为讨论焦点。我的短篇小说《回归》不久前在《过渡》杂志上刊出，成为由布洛克·莫代西恩主持的讨论的主题，他当时正在写自传《我是历史的错》。莫代西恩在评价我的写作技巧时十分严格。他的不满之处在于我的小说主人公对其生活中重大事件与危机所做出的反应，"它们缺乏情绪上的推动力；对话被用于解释事件，而非强化戏剧"。我聆听了各种评价，对自己的创作被列入议程并获得客气的评价感到激动万分。

索因卡以其数量可观的作品成为戏剧讨论中的重点，他的剧作包括《沼泽地的居民》《森林之舞》《狮子和宝石》，但另一部分原因是其对当时一些民族主义作品中所表达的盲目乐观的看法。

从某种程度而言，我们所有人的情感都受到殖民主义、种族隔离和反殖民民族主义影响。抛开技巧与个人政治观点的差异，把我们连接起来的还有对非洲未来的展望。向来是个现实主义者的索因卡已用其剧作拆穿了对未来不切实际的乐观幻想。这部剧作《森林之舞》本身也是大会激烈探讨的议题。在其他著作中，索因卡写下了警句："一只老虎无须宣告自己是老虎，它只是扑过去。"以此回应一些表达黑人文化认同的诗歌将非洲的过去视为荣耀且不存在冲突的代表。因为他的名声，我本以为索因卡会站起来诵读《电话交谈》，杰拉尔德·摩尔总是谈起这首诗，或是如摩尔的描述中他在伊巴丹的住所里那般弹奏吉他。他两样都没做。但我有一次在顶级生活里看到了他，那是当时坎帕拉最出名的夜店，他在跳恰恰舞，一些跳双人舞的人也停下来欣赏他的舞步。

  坎帕拉的夜生活与罗富国楼和山上的清醒白日一样，是大会的一部分。由于举办时正值长假，大会没有在山上和学生团体间引起可与美国人的入侵相抗衡的即时影响。但一些外国作者确实在坎帕拉的社交圈里造成了破坏。他们吸引了狂热的仰慕者：女人、白人、黑人、亚洲人、已婚的或未婚的，都在他们的陪伴下心醉神迷。一些作家离开后，留下了大批伤透的心和破碎的家庭。

  大会被非洲及国外的媒体大量报道。在1962年8月8日的《卫报》中，路易斯·恩科西将作家们描述为"大多很年轻、缺乏耐心、语带嘲讽，没完没了地谈着创作与边创作边观察的问题，就好像他们对于命运让他们肩负将一片大陆讲述给世界听的责任惊讶不已"。在同一篇文章中，恩科西指出了终极讽刺的所在"将这许多非洲人连接在一起的是受殖民统制这一经历的本质与深度……殖民主义不仅将他们交付于自身，更将他们交付于彼此，并为他们提供……共同语言和作为非洲人的觉醒，因为唯有遭受排斥，才能获得确认"。

正当大家指望欧比·瓦利来质疑恩科西口中"确认"的前提、假定与暗示时,在发表于《过渡》第十期的一篇措辞激烈的批评文章中,前者总结道,非洲文学只能以非洲语言写就。

三

我真正想见的人是钦努阿·阿契贝。当他访问麦克雷雷并与英语系学生对话时,我曾与他有一面之缘。我也许对他提到了《无花果树》,但不记得我们单独谈过话。现在我有一个重要的理由,想要在正式研讨会和集体会议之外与他面对面交谈。这跟我的新作——后来定名为《孩子,你别哭》——有关。

1961年12月末,在上交了参加东非小说创作大赛的《黑人弥赛亚》书稿后,一件事情发生了。我曾试图将当代肯尼亚的现状付诸文字,最终失败,而现在,这段故事突然用力敲响我的想象之门。在1962年2月3日的日记中,我写到我已"考虑写一写往事,写我对紧急时期的印象。我还不知从何落笔,但我会写的"。

四天后,我在1962年2月7日的日记中记下自己狂喜与焦虑交织的情感:

> 我心中充满不安的期待。就在上周(1月30日,周二),我把自己的短篇小说集寄给了乔纳森·凯普。焦急地等待回复。但我确实害怕被拒。同时,我也在等待东非小说创作大赛的结果,《黑人弥赛》完稿于去年10月。在12月28日上交。我仍恐惧获知结果。但在结果出来前,我做不了什么。我想写另一部小说。我要将它命名为《此日,明天》。小说将描绘一位在紧急时期受苦但仍坚韧的吉库尤妇女。故事分三

部分：

1. 妇女（被烧毁的房屋与村庄）

2. 女儿（被谋杀——致死）

3. 儿子（儿子的归来）

1962 年 2 月 19 日，我记下了自己收到的第一封拒信：

> 收到乔纳森·凯普公司给我寄去的短篇小说的回复。他们说："经过仔细考虑，我们很遗憾地决定不向您出价……我们认为，这部选集在此时此地难以售出。"如遭雷击。无法读下去。人生从未如此沮丧。连买一张邮票的三毛钱都没有。假期没有工作。米奈需要我的支持。我的学业。学生会的工作——我厌烦了。真希望当初没接下来。不会放弃。会坚持下去。我要立刻着手写新小说。关于一个受关押者。他被捕了——还未发下誓言——但他受到了一个森林中男人的腐化。发下誓言，好给其他受押者复仇。其他人死了（？）。主人公和另一人谈话，那人告诉他，他的妻子死了……

这些想法来了又去。大纲停留在纸上谈兵的阶段。巧合的是，《孩子，你别哭》这部小说的第一行在不经意之中到来。

当时，来自加纳的访问社会学家 K. A. 布西亚正在演讲。布西亚是一位名声显赫的学者，但亦是一名政客，是联合党的领导人，反对以克瓦米·恩克鲁玛为首的执政党——大会人民党。不过，他演讲的主题是他所谓的"教育的艰辛"。我的思绪不再集中在演讲上。教育一词总把我带回到母亲送我去上学的那一日。

四

我回到了肯尼亚的村子里。除了对土地与自由的要求,没有什么能像对学校一样让人魂牵梦绕。我知道在未发表的小说《黑人弥赛亚》中,我已经讲述了这个题目。但它讲的是独立学校运动的开始,早于我所处的时代。如今重现在我眼前的是那些与我一起上学的孩子:那些游戏、笑声、饥饿,和徒步往返学校的十英里路。

一个清晰的句子潜入我的脑海:妮约卡比叫他。我在面前的纸上匆匆涂写这个句子。他是谁?小说中她的儿子,当然了。名字呢?恩约罗格。教我哥哥做木工的人名叫恩约罗格,但这不是那个人。这是一个男孩,他的母亲正要送他去上学。妮约卡比和她的话语与我母亲曾对我说的话一模一样。这让我不禁怀疑:妮约卡比是我母亲,而恩约罗格就是我?

我在热烈的掌声中回过神来。演讲结束了。我甚至记不得结语是什么,但跟着一起鼓起掌来。我的掌声中包含着私人意义:我从内心深处表示感谢。我在恍惚中离开布西亚的讲堂。

接下来的数周至数月中,隐形的伴侣与我随行。其他人物陆续出现,他们根植于我的经历中。哦,是的,恩约罗格就是我,而妮约卡比是我的母亲旺吉库。真的吗?有一些可供辨别的不同之处。我来自一个一夫多妻制的家庭,有四位母亲和若干姐妹。恩约罗格只有两位母亲,三个兄弟姐妹。但他们之中有一人是木匠,就像我的哥哥一样;恩约罗格的另一个哥哥成了山中的游击队员,也像我的哥哥一样。就好像我现实生活中的哥哥好人华莱士衍生出两个不同的自我,他生活中的不同阶段分化成独立的虚构人物。最后一点是，我读完了小学和中学，而恩约罗格没有上大学。因此，这个故事讲的并不是我，但成型的人物映照出我自己的经历。

为什么在我需要用它来赢取奖金时，这个故事没能成型呢？为什么要等到无奖可拿的现在？尽管这篇小说没有直接讲述我自身的经历，但它帮我理清了在肯尼亚噩梦般的生活。它让我觉得自己与生养我的土地合二为一。

当我收到麦克雷雷大会的邀请函时，正沉浸在笔下人物的内心世界中。另一个奖赏自己找上门来：把书稿拿给阿契贝看的机会。

这欲望夜以继日，永不停歇。我至少得完成初稿。我进展顺利，故事随着其内在逻辑毫不费力地展开，但不可避免的事情发生了——我卡住了。但我写完的已经够多，可以拿给人看而不至于难堪了。这在我冒昧之举，但我从未想过阿契贝可能会不想或都没时间读书稿。

在讨论完他的著作《瓦解》和拉·古玛的《夜晚漫步》后，我找到了时机。我把手写的第二稿交给了他。他会看的，阿契贝说。我等待着。

五

兰斯顿·休斯请我带他游览坎帕拉。要带这位偶像游览我所爱的城市？我努力筹划路线。

从哪里开始呢？当然是我所钟爱的。坎帕拉是英国化的黑斑羚之丘，最初是布干达国王的皇家猎场，其历史可追溯到十三世纪。英国人有意效仿七丘之城罗马，吹嘘坎帕拉是建在七座山丘之上的,它们是历史的丰碑。圣玛丽天主教堂被称作鲁巴加大教堂,耸立在鲁巴加山上,正对着纳米伦贝山上的圣保罗新教教堂。两者之间隔着门戈山,山上有布干达国王的宫殿。卡苏比山容纳着皇室陵墓。基别里山顶上,穆斯林清真寺的宣礼塔金光闪烁。纳米伦贝、鲁巴加、卡苏比和门戈山诉说着乌干达的殖民历史:自十九世纪中期,它们就见证着伊斯兰教、天主教和英国国教间为抢夺乌干达的灵魂而展开的血腥争斗。

让我害怕的是有关这段血腥历史遗迹的故事。年长的肯尼亚学生们宣称,一晚从门戈走回麦克雷雷时,他们路过老坎帕拉——殖民势力的两个分支弗兰扎和因格雷扎的血战之地,猛然间,他们在黑暗中看到一排死人的白骨拦在路中央。学生们拔腿就逃,尸骨一直追到麦克雷雷校门前。这个故事有不同版本,事发地点变为纳木刚戈祠堂,那里埋葬着布干达国王姆旺加二世于1887年下令烧死的十二名乌干达烈士。这次出现在学生面前的是查尔斯·卢旺迦的鬼魂,这些学生常以国家主义之名与姆旺加站在一边。如同要为自己正名一般,鬼魂追在他们身后,企图说服他们,他和那些皈依新教的人并非受命于殖民政府,而是基督忠实的信徒,但学生们没有原地等待与鬼魂争辩。

在布干达国王的宫殿中,西方与非洲的碰撞总是吸引着麦克雷雷学子的想象力,最妙地捕捉到这一点的是大卫·鲁巴蒂尔的诗作《斯坦利遇上穆特萨》,此诗以姆旺加的父亲——穆特萨一世将斯坦利迎入殿中的不祥画面作结:

"姆图 姆维乌普 卡瑞布"
欢迎你们,白人
以磨亮的苇秆编成的门在他们身后关闭

把西方放了进来①

我不会给兰斯顿·休斯讲有关鲜血、烈士与鬼魂的故事。我会带他去看宫殿、教堂、清真寺和巴哈教神庙，以及位于纳卡瑟罗和科洛洛优美的住宅区内的其他现代标志性建筑。穆拉戈医院吸引了来自世界各地的研究人员。我想，这些足够满足兰斯顿·休斯的视听需求。

由于对乘坐不定时的公共交通是否能逛完这些景点深感怀疑，我们下了山，在麦克雷雷山路上左转，向旺底吉亚走去，想在那里打一辆出租车或巴士到市中心。紧邻大学的旺底吉亚是一处破败之地，声音嘈杂：工匠们用铁锤大声敲击钢、铝材料，制成各式家用器具；穿着破裤的客人喧嚣着在小酒馆里进进出出，那里贩卖煮香蕉、啤酒和自酿烈酒瓦拉吉。

到处都有收音机大声播放一个旋律，它是如此迷人，以至于我们这些不懂卢干达语的人都仍然喃喃哼唱着这歌曲：

  Yadde oba onooleeta abo
  Abalina ssente ennyingi
  Nze ono yekka gwensiimye
  Ka ntwale talanta yange

这是艾莉·瓦玛拉所作的一首名为《塔兰塔亚吉》的流行歌曲，描写一个请求父亲允许自己嫁给心上人的女儿。尽管与父亲带到她面前的富有追求者不同，他一贫如洗，但他是她心之所向，命运所在。

---

① 大卫·鲁巴蒂尔，《斯坦利遇上穆特萨》，*http://allpoetry.com/poem/10502019-Stanley-Meets-Mutesa-by-David-Rubadiri*。——作者注

纵然你将带来

家财万贯之人

对于我,这是我唯一想要的人

就让我拥抱我的命运吧

这些混杂在一处的哀号、叫嚷和粗俗笑声,以及笼罩其上的艾莉·瓦玛拉的歌声似乎让兰斯顿·休斯着迷,无论我怎样描述那些标志性建筑,都无法把他从这里拉走。他身着便装,比穿着灰色华达呢裤子和黑色上装的我更好地融入到了环境中。

他抿了一口自酿瓦拉吉,又尝了一下煮香蕉,除此之外,我们在那一小时中逛了一家又一家店铺,在露天街市上走过一堆接一堆的货物,并不断撞上醉酒的人,他看起来更乐意吸收氛围中的和谐而非嘈杂,也许这让他想到了他的诗:《问你的妈妈——爵士十二式》。

真奇怪,当我们步行返回以参加傍晚的讨论时,我想道,贫民窟也同样让我着迷。我登在学生信息报上的早期文章署名为"旺底吉亚通讯员",我也希望用这个名字来写大会的评论文章。

六

大会进入尾声时,阿契贝归还了我的书稿:他没有全部读完《孩子,你别哭》,但已经能看出我常在表达过的观点上不断叠加,如同鞭打一匹死马。他的评价很简洁,但正中要害。他又补充道:他已经把书稿拿给海尼曼出版社的凡·米尔恩看过了。米尔恩后来确认了这一说法,并问我修改完毕后,可否把书稿寄去他处。

1966年,事实浮出水面:是美国中情局通过总部设在巴黎的文化自由大会资助了这次大会,尽管包括伊斯基亚·木法里欧在内的与会重要人物都并不知情。这一点证明了冷战局势,大会的召开和非洲摆脱殖民主义正是在这样的背景下进行的。

对于我和其他来自非洲大陆内外的参与者来说,这仅仅是一次作家的聚会。但当其时,我从大会中最宝贵的所得是,有出版商对我的书表达了兴趣。我不知道阿契贝已同意担任"海尼曼非洲作家系列丛书"的编辑顾问,也不知道自己的《孩子,你别哭》会成为该丛书第四部,前三部分别为阿契贝的《瓦解》和《动荡》,彼得·阿伯拉罕姆斯的《我的男孩》和卡翁达的《赞比亚将获自由》。

接收稿件通知书寄来时,我已沉浸在《心中的伤口》所带来的文化政治影响中。在我当年早些时记下的日记中,我曾写道:"不会放弃。会坚持下去。"这种精神日后将助我横眉冷对灾难,设法坚持下去,来日再战。这封通知书给了我更大的力量与决心,接受彼得·金扬久伊的挑战,为庆祝乌干达的自由写一部戏剧。

第九章 盒子人与黑隐士

一

一次,我在内罗毕的大街上遇到了摩西·瓦奈纳,那个恐黑的农林研究所图书馆助手。我简直不敢相信自己的眼睛。他对我微笑,或者说,他那永恒的愁容化成了笑颜。起初,我以为是一起工作的回忆带来了他表情上的改变:为大量农艺学的科学期刊贴标签,并把它们在书架上挪来挪去。我不需要哄他,就得知了真正的原因:薇夫人送他去读一门图书馆管理学的速成课,学成后,就能被列入升值为助理图书管理员的候选名单,接替与情人私奔的斯马特·奥。我知道摩西常给故事添油加醋,特别是在有关其白人上司的韵事上,但很显然,将要发生的改变已不会在他心中滋生对未知的恐惧。就算那时,他也无法说出斯瓦希里语中意为"自由"的 Uhuru 一词。

但国内各地的人们都在谈论 Uhuru。肯尼亚人民分成两派:主张"uhuru sasa"(现在就要自由)的肯尼亚非洲联盟(肯非盟),

和主张"uhuru bado"(慎重追求自由)的肯尼亚非洲民主联盟(肯民盟)。"sasa"和"bado"主张的支持者们也是以种族划分的:肯非盟的追随着大多是田园牧人,而肯民盟的追随着大多是城市居民,乡村农民支持两边的都有。这也引发了有关大社群对抗小社群的话题,这种分裂在麦克雷雷的肯尼亚学生中也有所体现。一些肯尼亚学生试图为双方提供对话机会,成立了由彼土利·库鲁图领导的肯尼亚学生讨论小组。

坦噶尼喀和桑给巴尔似乎是仅有的未受分裂影响之地,这同样也体现在来自两地的学生中。朱利叶斯·尼雷尔为此定下基调,将斯瓦希里语定为全国通用语,而英语只是官方语言。他演讲时几乎总是使用斯瓦希里语。

与坦噶尼喀的独立不同,影响乌干达独立的是伊曼纽尔·基瓦努卡领导的民主党(以天主教徒为主)和阿波罗·奥博特领导的乌干达人民大会党间的分歧。后者与布干达国王的党派——卡巴卡叶卡结盟,以在普选中取胜。由奥博特担任总理,布干达国王担任总统,这一联盟统治着乌干达。然而,即便是在联盟内部,不同种族间的对峙亦在酝酿。

10月10日晚,当我们以美食庆祝新生时,罗富国楼的楼长、坦噶尼喀人赫尔曼·鲁普高为乌干达献上祝酒词。麦克雷雷,他说道,就是缩小版的东非,在这里,来自不同地域与社群的男女能够和平共处。但乌干达人阿波罗·恩西班比提出了警示:现在我们不再"受保护"了,也就必须独自承担犯下的过错,这是我们所肩负的责任的度量。多年后,阿波罗·恩西班比与我的同学罗达·凯扬迦成婚,在约韦里·穆塞韦尼领导的政府班底中任职总理:他是否曾想起自己在这喜庆时刻所说的警示之言呢?那言语预见了整个后殖民时代的非洲。

恩古吉（最右）与同学在麦克雷雷大学主楼前合影。图片来源：恩古吉私人照片收藏

刚果的动乱为摆脱殖民主义的喜悦投下阴影——卢蒙巴遇刺,达格·哈马舍尔德之死,以及蒙博托的军事掌权——这些事件常被视作种族与地域内部冲突的后果,而非根植于比利时的殖民统治历史。人们好像忘记了这一事实:终其一生,蒙博托都在为比利时军队效力。独立前数月,蒙博托忠心服侍的比利时政府将其升为上校,作为临别赠礼,抑或是保险政策?我们忽视了蒙博托为模仿利奥波德而改名莱奥波德的重要性。

种族政策开始影响在政府内担任公职的非洲人比例。与欧洲谈妥的协议亟须新老政权的顺利交接。这对大家都有利,这些新独立国家的年轻领袖也都迫不及待地想要证明自己能维持其受命于殖民政府的前任所树立的水准。无人想要重现刚果的混乱状况,不是吗?没有人希望秩序遭到破坏,对吧?顺利交接意味着不去打破旧有构架。新瓶装老酒,这才是座右铭。毕竟,老酒才是最好的。

卸任的高官推荐了来填补空位的新人——几乎全是欧洲人。他们主动或被迫退休,但仍享有存在英国银行里的高额退休金。他们已经选好了摩西·瓦奈纳一般的效忠者来接替自己。若不除旧,何谈革新?

政府想要在原有经验和资历与种族比例和公平之间达到平衡。因此,作为军衔最高的非洲军官,伊迪·阿明成为军事统领。和许多人一样,他符合双重标准:权力的顺利交接和种族平衡。

马克思的箴言——历史事件总是出现两次,第一次作为悲剧,第二次作为闹剧[①]——正在乌干达上演:十九世纪时乌干达人民间的古老分裂再次重现,其中以巴干达人、弗兰扎党(天主教)、因

[①] 语出《路易·波拿巴的雾月十八日》。

格雷扎党（新教），以及如今在奥博特领导的乌干达人民大会党（新教）中也有代表的穆斯林党派、基瓦努卡领导的民主党（天主教）和伊迪·阿明一派（伊斯兰教）为甚。

我没有过分参与学生中新出现的政治派系，它们大多支持正在各地不断冒出的不同政党。我只参加了由彼土利·库鲁图领导的肯尼亚学生讨论小组。这一小组并不支持肯非盟或肯民盟，旨在为持不同政见的肯尼亚人提供论坛。

我对文化比对政治更有兴趣。我一直觉得，政治团体忽视了文化元素，或将其视作如下场景：身披疣猴皮制成的袍子，带上坠珠帽，手举拂尘与象牙雕刻的手杖，当然还要伴以舞者和杂技演员。他们并不把文化看作是对经济与政治动态的表达。正是乌干达和肯尼亚的政治更迭为我创作名为《黑隐士》的三幕戏剧提供了主题。

二

故事发生在独立后的一个无名国家。雷米是他村子里受教育程度最高的人，在城里工作并爱上了白人女孩简。他很少回村子里探望家人。但国内发生了两件事，使他的母亲和长老们想要进行干涉，让他回到社群中。随着越来越多的非洲人在政府中任职，他们希望他能竞争官位，为社群在公职非洲化的进程中分一杯羹。更为紧迫的是，他的哥哥去世了，他们想让他回来与寡嫂续婚：这是传统社会保障制度的一部分。他们派意见相左的代表前去见他。

一群长老首先到来。他们阐明观点，离开时留下一份魔药，以使他按他们的愿望做出决定。紧跟着来的是一位牧师代表，以

《圣经》和十字架作为武器,再次劝说他回来帮助他们与其他社群争夺独立的果实。离开时,牧师故意留下了《圣经》,希望能起到影响他决定的作用。

雷米要在爱情、责任、社群、个人、传统与信仰的矛盾要求中做出抉择。最终,他决定离开简和城市,回到村里,孤注一掷地力图打破习俗、传统与民粹主义的糟粕,带领他的社群融入崭新的国家,而情节的推进也展现出他这决定所带来的后果。

三

对于将在坎帕拉国家剧院献上盛大演出,剧社成员和学生们的激动显而易见。敢于进行史无前例的尝试——至少无人用英语尝试过——使我们沉浸在一种传教士般的激情中。多年以后,古丽扎尔·坎吉(娘家姓那恩吉)仍然"记得那种难以置信感:一个麦克雷雷的黑人学生能写出并排演如此了不起的一出戏剧"![1]

我的同学巴哈杜尔·特贾尼是麦克雷雷学生戏剧社的财务主管,他在所著回忆录《在恐怖主义的面前大笑》中回顾了这一时刻。他忆起社长彼得·金扬久伊在一次初期会议上问道:"钱的问题怎么办?"身为财务主管的特贾尼明白这个问题的分量,但仍立刻答道:"我来解决,我们开始干吧。"

"我的声音是如此肯定,满怀对新世界的无限热情,将对话从'我们应该吗?能行吗?'彻底转变为'什么时候?如何做……'"他写道。

特贾尼后来到剑桥去完成毕业论文,在印度、非洲和美国的大

---

[1] 引自古丽扎尔·坎吉于 2012 年 8 月 28 日写给我的信。——作者注

学教书，创作诗歌、戏剧、小说和回忆录，但有关《黑隐士》的时刻成为他对麦克雷雷的回忆中不可磨灭的一部分。他把坎帕拉的印度社群号召到一处，为这个项目合作，向他们解释说这是第一部用英语写作的非洲戏剧，为庆祝乌干达的独立而上演。

尽管大卫·库克的参与对几次早期讨论十分宝贵，这仍然是一个学生项目。由于不受各楼间英文竞赛的规则限制，我们可以从所有宿舍楼中挑选参与者。其中，最忠诚而投入的是亚洲的盒子人①。

当我第一次听到这个词时，我以为是指真正的拳击手。我从未听说或遇见过女拳击手，但现在，只要有女性朝我迎面走来，我就会以探询的目光盯着她们的手看。很快，谜团解开了。最初，作为玛丽·斯图亚特楼女生宿舍的那栋建筑看起来像个盒子，人们便以此称呼它，而其中的住宿生则叫作盒子人。前来加入的盒子人投入巨大，如同身处真正的拳击场内迎战责难演出项目的敌手。

帕特·克里奥-里斯是一位来自坦噶尼喀的英籍盒子人，负责服装设计，在同为坦噶尼喀人的古丽扎尔·那恩吉的带领下，亚洲盒子人制作了全部戏服。"我记得大卫·库克设法为我弄来的一台缝纫机上缝制那些戏服，"古丽扎尔后来回忆道，"我记得在后台为每场演出熨烫并准备好戏服，保证每位演员和其着装都整洁且状态良好。"

那恩吉后来作为第一位获得学士学位的坦噶尼喀女性载入史册，之后又创造了更伟大的事迹，成为伦敦学校的教育家。她的组织能力在排演《黑隐士》时就已十分显著。同为阅读小组的成员且是同学，我们两人很有共同语言。她总是彬彬有礼，最擅为他人

---

① 原文"boxer"，本义为"拳击手"，box 是盒子的意思，boxer 双关为"盒子人"。

着想,但我不知道她的性格中还有着好战的一面。

在我生活在乌干达的时期,尽管巴干达涌现的中产阶级与印度中产阶级在历史上有贸易冲突,令我最为惊讶的却是亚洲与非洲社群间的关系。他们也许不会常到彼此家中做客,但相较于肯尼亚极端的社会隔离,看起来要和睦得多。

有这么多共同语言,古丽扎尔和我曾边散步边进行讨论,话题以文学为主。"我也记得我们偶尔一起在校园里散步,讨论童话故事,以及其中所隐含的真理。"她日后回忆道,"我还记得我们探讨对人类生命的剥夺,以及这种行为是否能被合理化。"

一个周六傍晚,古丽扎尔与我决定到麦克雷雷墙外散步。这次,我们想要拜访一位已婚学生:凯利奈·尤汉那一家人。学校没有为已婚夫妇做好准备。怀孕的女生不得不中断学业,但让她们怀孕的男生却无须如此。如果双方已婚,就可以继续留下学习,但要在大学外面寻找住处。凯利奈住在位于卡苏比王陵与麦克雷雷正门之间的内库拉拜。内库拉拜也是夜店苏珊娜的所在地,不久后便可与门戈的顶级生活竞争,并最终胜出,但那不是我们的目的地。当时是白天,能在象牙塔外进行一次有目的的散步令我十分惬意。摩西·凯利奈已开始为报纸写文章,同为初出茅庐的学生记者,我俩有许多共同点。

我们向右转上离开旺底吉亚的路,靠边行走,沉浸在文学对话中。我们还没穿过阿波罗·卡格瓦爵士路,突然就从两侧停下几辆车,鸣笛吸引我们的注意力。开车的全是印度人,我以为他们认识她。不认识,她说完继续往前走。更多的车在那几辆后面停下。他们大声挑衅,说要送她一程,完全无视我俩同路。我害怕了,他们似乎准备强行把她拽进车里,要上前袭击我们。我们两人得对抗这一群乌合之众。她站着没动,告诉他们别多管闲事。最终他们边大声鸣笛边开车离开了。我提议终止散步，回到象牙塔中去，但她坚持要接着走。尽管明显受到了惊吓，她仍表现出勇气与道德上的愤怒。这对峙经历也为我展现出之前未曾得见的乌干达的另一面。

这一事件让我更加珍视《黑隐士》剧组所做的一切。这出剧把来自不同种族、社群与性别的学生团结在一个使命之下。光是演员就包括四个乌干达人，两个肯尼亚人，一个马拉维人，一个坦噶尼喀人，一个亚洲人和一个英国人①。

约翰·阿加德是一个有巴布亚新几内亚血统的乌干达人，他出演非洲男主角。尽管还是个学生，阿加德作为乌干达国家足球队的守门员已颇有名气。能与其舞台表现比肩的只有当他腾空跃起，扑身截球时那如违反重力般灵巧的身姿。虽然他的肤色不是黑色，但也没有白到会影响演出的现实主义。

但是，用亚洲人来演非洲女主角？苏西·塔鲁（娘家姓乌曼）为这一角色参加了视镜。作为一名女演员，没有她演不来或演不好的角色。但演一位黑人母亲？

无肤色差别选角及混合选角有别于使用同一种族的演员来扮演角色。在联盟中学，所有的莎剧角色都由身着十七世纪英式长袍的非洲人饰演。在麦克雷雷，我们用穿非洲袍子的演员演出过《麦克白》。但让一个明显是白肤或棕肤的演员来演一位黑人母亲？

这并非是我第一次面对让演员扮演与其不同种族的角色所带来的难题与挑战。这一难题在我上次以《心中的伤口》代表罗富

---

① 他们是约翰·阿加德、罗达·凯扬迦、弗里达·凯斯、莉迪亚·拉布瓦玛、彼得·金扬久伊、彼土利·库鲁图、古迪、戈多、约翰·莫约、塞西莉亚·鲍威尔和苏西·乌曼。——作者注

国楼参加各楼间的英文竞赛时就遇到过。我们楼里没有女生。麦瑟·穆戈后来成为第一批联合/荣誉演员之一,但当时就连这种措施也没有。

前几年,各楼间英文竞赛的规则禁止征用其他楼的住宿生帮忙。玛丽·斯图亚特楼作为唯一的女生宿舍楼,也是参赛的竞争对手。女生们扮演男性角色。在1961年我代表罗富国楼的参赛剧作《反叛者》中,男生们扮演了女性角色。就算到了1962年规则放宽、允许向其他宿舍楼最小限度地借用演员时,也依然是旧习难改。

这些旧习让我无法找一位非洲盒子人来扮演《心中的伤口》中的黑人母亲旺加里。第二批美国教师中的一人——宝拉·伯纳克前来救场。问题是,她是个白人,金发蓝眼,美国口音。我们决定给她穿一条长裙,再用围巾裹住头。这解决了身体的问题。脸是个挑战。我们决定把她的脸涂黑,但不能把她的睫毛和嘴唇也涂黑,对她的蓝眼亦无计可施。在带妆彩排中,她脸上的一些黑色涂料掉了色,让她看起来像是从一出糟糕的滑稽剧中走出的鬼魂。这形象带来刺目的视觉冲突,破坏了戏剧的悲剧寓意。

当《心中的伤口》一剧最终上演时,我们决定只用长裙和围巾,不给宝拉的脸涂色。不幸的是,我们在最后时刻才决定做出这改变,一些黑色颜料还留在她脸上,如同没涂好的伪装色。在这折磨人的经历中,宝拉始终表现出输得起的精神,几句台词过后,观众们忘掉了她的口音,接受了她所扮演的非洲人物。就连那几块黑色颜料也提示观众,她只是在扮演一个角色。我们的改变正是时候。《心中的伤口》获胜了。

这段经历一直留在我脑海中。我选了苏西出演这个角色,清楚地知道自己不会用化妆掩藏她的脸。我无须如此。

苏西出生在坎帕拉,非传统的多元文化成长环境让她甚至在试镜时就能轻松出演这一角色。非传统教育中最重要的一环是,她由外祖父在家教会英语、数学和马拉雅拉姆语。这使得年仅七岁的她能进入主要接收阿果人的诺曼·高丁诺小学读四年级,后来又辗转于主要接收伊斯玛仪派信徒的阿迦汗小学、为印度人设立的科洛洛政府印度小学①和主要接收非洲人的布多国王学院。她是连成片的黑人面孔中唯一的印度学生,而她的父亲则是白人教师里唯一的印度教师。其后,她被分配到《乌干达百眼巨人报》工作九个月,有一次负责报道新成立的乌干达议会,这正是《黑隐士》所庆祝的独立带来的成果。1962年进入麦克雷雷时,她十九岁,刚采访完去新议会。多年后,苏西从牛津毕业,著书数卷,我们在利兹、伦敦、美国的欧文与印度的海得拉巴——她在英语与外国语中央学会担任教授——相聚。每次,在就正在写的书和共同好友的近况互通消息后,我们总会回到《黑隐士》及她所扮演的黑人母亲这一话题上。

结果,我不用对她的棕肤和柔顺长发做任何处理。一条长裙和一根头巾就足以将她变成一位非洲母亲。她和约翰·阿加德是完美的搭档,两人组成一对魅力非凡的母子,把其他演员凝聚起来。

---

① 与她同校的有巴哈杜尔·特贾尼、奇特拉·尼欧吉(《过渡》杂志创始人拉加特·尼欧吉的妹妹),以及充满魅力的剧作家兼女演员艾尔凡妮亚·齐利穆(娘家姓纳穆克瓦亚),感谢她的支持与慷慨,花费大量时间与我谈论苏西记得的事情。——作者注

四

反复阅读之下,文本仍存在缺陷,我不断做出微调。剧组秘书凯西每日不断修正剧本。她扮演了编辑、编剧和记录管理员的角色。

凯西·苏德是英语系唯一的一位英国盒子人。事实上,她是英语系历史上第二位白人学生,总共也只有两三位①,在她之前到来的有迈克尔·伍尔曼——米歇尔楼财务主管的儿子,以及1957年入学的一名澳大利亚学生。其他系里也有零星的几位白人学生。在美国人入侵后,白人学生多了一些,但他们只在大学短期就读。凯西是我们时代的特例,就连她也没有读完全部的五年课程。

在荣誉项目中,她比我低一年级。她是个小个子,有一双明亮的蓝眼睛,总是十分安静内向。因此,她在那日傍晚所做的事与其性格极不相称。当时,我们正在读一段剧本:雷米在对他的同伴们讲话,而他们不断欢呼,向他大喊"叔叔!"她问我:"他们为什么叫他叔叔?他不可能是他们的亲戚。这是非洲人对远亲的一种尊称吗?"

我意识到,她可能没参加过学生会的集会,在那种场合,这个口号使用频繁。特别是当演讲者提出一个很好的观点,听众希望他再重复一遍时,"他们会喊'叔叔!叔叔!'"我耐心解释道。

---

① 总体而言,当时麦克雷雷的欧洲白人学生屈指可数。彼得·纳泽瑞斯提醒我,有一位布莱恩·奥斯丁-沃德先生在读普通学士学位,但选择了英文作为三门主修课之一。——作者注

凯西放声大笑起来,直抹眼泪。我纳闷这样一个常用的口号有什么好笑的。她平静下来后说道:"安可,安可。在法语里是'再来一个'的意思。"①

这回轮到我笑了。我一直以为学生们喊的是"叔叔",尽管并不清楚为什么这么喊,但我想起孩子们玩游戏时,获胜者会要求倒下的人喊叔叔,觉得这样解释挺合理!我以为听众们是感到被演讲者征服了!

我删掉了每一处"叔叔"。

组织彩排时,我参考了之前的两部独幕剧——1961年的《反叛者》和1962年的《心中的伤口》,但最主要的是我作为助理导演参与非洲着装的《麦克白》时的经验。

五

包括独幕剧在内,我从未经历过全程无惊无险的排演。这也许就是戏剧艺术的本质:具有独立自我意识的众多个体聚在一起合作,学到戏剧表演是"人人为我,我为人人"的本源。在《黑隐士》一剧的排演中,最让我吃惊的是危机的来源,其时机也使紧迫感有增无减。

帕特·克里奥-里斯负责服装和舞台设计。她为雷米的城市女友简一角参加了试镜。在现实生活中,她正与饰演雷米的阿加德约会。由于两人在现实生活中颇为亲密,我以为他们独处时会有足够的时间进行额外彩排。私生活中的激情在公开表演中会以某种方式退去。但在舞台上,这就是不起作用。帕特是一个呆板

---

① 原文"uncle"(叔叔)读音与前文的"安可"(Encore)读音相似。

《黑隐士》里的演员（左上角为帕特·克里奥-里斯）

的演员,彩排多时后,她显然无法成功扮演这个角色。但两人之间的热恋对于解释雷米为何情系城市以至于忘却他与乡村间的羁绊至关重要。他们也许在现实生活中很来电,但作为舞台上的演员,两人间毫无半点火花。

我找来了塞西莉亚·鲍威尔,她是一名即将成为教师的英国学生,前来麦克雷雷参加教育系的入职培训。换下帕特的决定让排演陷入僵局。她哭了,威胁说要彻底退出剧组。约翰进退两难:他不能对塞西莉亚表现得太热情,一度也宣称要退出,而这会彻底终结演出。我不肯动摇。情况很糟,但这时集体利益重于个人。我怀疑就连约翰也能看出帕特演不来,他威胁退出时也是半心半意。

她的优点在于:一旦接受了不可避免的事实,帕特从未让这

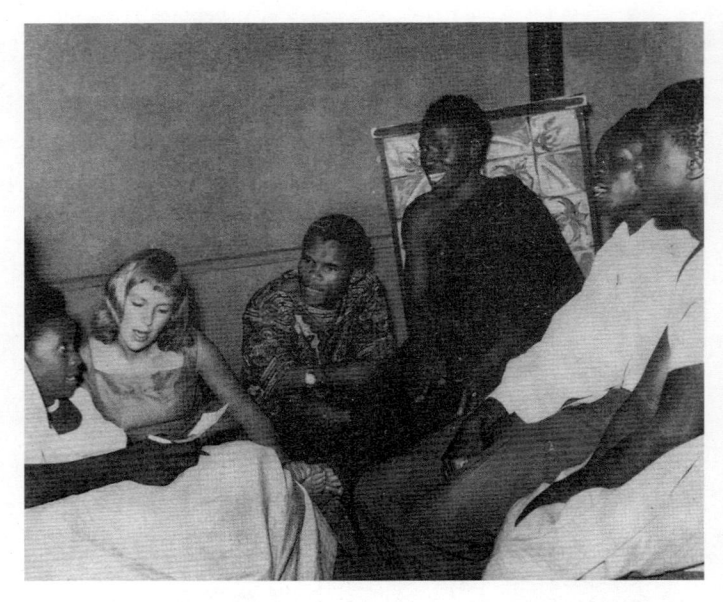

《黑隐士》里的演员（中间分别是塞西莉亚·鲍威尔、约翰·阿加德和彼土利·库鲁图。图片来源：恩古吉私人照片收藏）

不愉快事件影响到服装和舞台布景的工作。她全力投入，力保剧组的其他部门仍团结一心。她自始至终是个具有团队精神的人。

一日，我陪她到城里挑选为演出购买的布料。她进入一家店铺去看什么东西，我在外面等她。一位布干达国王的警察拦下我，要我出具已缴地方政府人头税的证明。他显然误认为我是布干达人，我试图解释，却令事态进一步恶化。我想起从联盟中学毕业后，在肯尼亚遇到过一次类似事件，最终我进了看守所，不得不出庭受审。然而，帕特从店铺里出来了。警察向她敬礼后问道："女士，这是你的仆人吗？"她回答："是的。"警察就放我走了。

> **THE BLACK HERMIT**
>
> PLANS to make Africans in Kampala feel that the National Theatre is theirs, are being put into action by the Makerere Dramatic Society, Mr. Ron Reddick its Publicity Secretary, told the *Uganda Argus*.
>
> The Society is presenting a new play—"The Black Hermit", at the theatre from Friday to Sunday.
>
> The play, written by a Kenya Makerere student, James Ngugi, has a topical theme of independence. Said Mr. Reddick:—"We want to put African drama on the map, so that, we can raise the presentation of African drama in the world."
>
> Production of the play is under the direction of a newly-arrived British lecturer at Makerere, Mr. David Cook.
>
> Mr. Reddick said that they are expecting a big audience on all the three days, and some V.I.P.s on Friday—the opening day.

《乌干达守卫报》关于《黑隐士》的报道，1962 年 11 月 14 日

六

有关演出的报道开始出现在主流报纸《乌干达守卫报》上，这多亏了罗尼·雷迪克的大力宣传，他是新一批"为东非提供教师"

> **FROM UGA**
> *November 17th 1962;* Pag
>
> R. Mazagg. The couple are pictured on right.
>
> ## "Prize for 'Hermit' author"
>
> A SPOKESMAN of the East African Creative Writing Competition Committee said that the Minister of Community Development, Mr. Kalule-Settala, will present a prize of 500/- to Mr. James Ngũgĩ, the author of "The Black Hermit" during the performance of the play at the National Theatre, Kampala.
>
> Mr. Ngugi is a student at the University College of East Africa, Makerere. He is a Kikuyu and he is writing about Kikuyu life. Mr. Ngugi is the first African in East Africa to write a play of such a high standard, said a member of the Committee.

《乌干达守卫报》"给'隐士'作者颁奖"的报道，1962年11月17日

的参与者。1962年11月14日的报纸上报道说，麦克雷雷学生剧社正在实施"让坎帕拉的非洲人感到他们拥有国家剧院的计划"。

对于这种尝试，我们并非首例。威克利夫·基英吉-卡格维的卢干达语剧作《你所鄙视之人》（*Gwosussa Emwanyi*）曾在剧院演出成功，但那是周末的日场剧，只在剧院没有安排欧洲或英语剧目时演出。我们的演出是第一次占用剧院黄金时段的剧作。

> **Black Hermit**
>
> MAKERERE College Dramatic Society is rehearsing an original play, "Black Hermit", by James Ngugi, for presentation at the National Theatre on November 16, 17 and 18.
>
> The Society claims to be the first to produce a full-scale play by an East African author. *Black Hermit* is in the three acts, and Mr. Ngugi has tried to probe some of the problems facing an African country after independence.
>
> It deals with a sensitive nationalist leader who goes into seclusion after independence. But he finds he cannot run away. John Agard, well known as a footballer, plays the leading part, while other roles will be played by Rhoda Kayanja, Peter Kinyanjui and Susie Oommen.
>
> Mr. Ngugi has just had his second novel, *Weep Not, Child*, accepted for publication in Heinemann's African Writers Series.

《乌干达守卫报》关于《黑隐士》上演的报道，1962 年 11 月 19 日

接下来的一条报道让这戏剧化事件再次升级，至少是对我来说。自从上交了参加 1961 年 12 月小说竞赛的《黑人弥赛亚》书稿后，我未从东非文学署处得到只言片语。登在《乌干达守卫报》11 月 17 日刊上题为"给'隐士'作者颁奖"的报道宣布，我的作品在小说创作大赛中胜出。报道引用了一位东非文学创作竞赛委员

《乌干达守卫报》关于《黑隐士》上演的海报,1962年11月15日

会发言人的话,宣布社群发展部部长卡路尔-赛塔拉先生将在此剧上演时为我颁发奖金。

就好像我人生中的文学线索在这一刻终于交汇。11月19日的《乌干达守卫报》刊登了另一条对《黑隐士》上演在即的报道,并以爆炸性新闻结尾:我的第二部小说《孩子,你别哭》入选"海尼曼非洲作家系列丛书",即将出版。

我已经收到一封传达同一消息的信:威廉·海尼曼出版社将出版此书的精装版,简装版则由海尼曼教育出版社出版。我不理解两个出版社或精、简装之间的区别:书就是书,但威廉·海尼曼的印章让我一阵激动。这家出版社出版了我在荣誉课程中读到的一些经典作家作品:约瑟夫·康拉德·格雷厄姆·格林和 D. H. 劳伦斯。我就要跻身于他们的行列? 这等好事真会发生在我身上?

一份合同确立了这个事实。这是我的第一份图书合同,我立刻签下,并不能完全理解那些条款的含义。我签字转让了所有权利,这意味着出版商拥有了我这本书的世界版权。这种机会再加上合同,在麦克雷雷的学生中是史无前例的。

在彩排的一片喧嚣中,这从伦敦来的消息如同神降甘霖,当然也促进了宣传。我们在《乌干达守卫报》上买下版面,夸耀这次演出充满戏剧性,悲情而浪漫,是一次惊心动魄的冒险等等,以求给人留下深刻印象,然后宣布:麦克雷雷学生剧社将献上一出有关独立问题的戏剧。这是每个新乌干达公民的必看剧目。世界首演将于 1962 年 11 月 16 日(周五)晚举行,届时有贵宾出席。

"世界首演"一词是雷迪克的创意,听起来很棒。

第十章　书页、舞台与空间

一

　　一整天,我的胃都紧张着:许多情感在我心中交织。曾拒绝出演我的独幕剧《心中的伤口》的舞台现在将为三幕剧《黑隐士》打开。这会是一次胜利还是灾难?在联盟中学时,我们背诵的两行吉卜林①的诗句跃入我脑海中:如果你坦然面对胜利和灾难,对虚渺的胜负荣辱胸怀旷荡……②

　　问题就在于不确定性。我不确定自己能将灾难看作虚渺,更不知如何能做到这一点。

---

① 鲁德亚德·吉卜林(Joseph Rudyard Kipling,1865—1936),英国作家、诗人。1865年12月31日出生于印度孟买。1877年,进入联合服务学院学习。1883年,出版处女作诗集《学生抒情诗》。1896年,出版小说《丛林之书》及《丛林之书续集》。1900年,创作长篇小说《基姆》。1907年,出版小说《老虎!老虎!》;同年,获得诺贝尔文学奖。1926年,获得英国皇家文学会的金质奖章。1936年1月18日,因脑溢血在伦敦逝世。
② 选自吉卜林的诗《如果》,www.poetryfoundation.org/poem/175772。——作者注

许多事都取决于首映的成败。早先,在 1962 年 6 月 16 日,作为麦克雷雷非洲作家大会的一部分,总部设在坎帕拉的业余组织——非洲剧社演出了由艾丽莎·科伦德导演的 J. P. 克拉克剧作《山羊之歌》。与沃莱·索因卡一样,J. P. 是以英语写作非洲戏剧的启蒙者之一。作家本人将与其他与会的文人墨客一道出席首映。导演作为当地明星的声望,再加上身为西非明星的剧作家,确保此剧在东非的首演必将激起盛大期盼。

J. P. 的剧作围绕生育能力、不孕以及献祭仪式展开,是一出继承古希腊戏剧遗风的悲剧,题目本身就引人关注传统非洲与古希腊间的对话。希腊语中的"悲剧"(tragōidia)一词由"山羊"(tragos)和"歌唱"(aeidein)两个词合并而成,而对于许多非洲社群来说,山羊是一种用于仪式的动物。为泽法的不孕献上替罪羊是全剧最有力的一幕。无论导演如何解读这出戏剧,其基调都应是阴郁且内省的。

导演把一只活山羊拉上了舞台,拖向祭坛。它哀嚎着又拉又尿,粒粒粪球四处滚落,又不停乱蹦着想要逃开。山羊本就不是听话的动物。观众集体爆笑起来。山羊及其反抗的滑稽动作抢尽风头。这场灾难留下了对英语写作的非洲戏剧不信任的氛围。

同时,我们也背负着越界的重压:在学生应做之事与社会中的其他人之间,有一条看不见的界线。我们明知故犯,选择了城市里的大舞台,而非将自己限制在山上现有的场地中。通过将此剧宣传为庆祝乌干达的独立之作,我们将期待扩大至全国,同样扩大的还有对失望的恐惧。这种恐惧清楚地体现在国家剧院的导演彼得·卡彭特身上。他的职责是推动乌干达戏剧的发展。但他与我们保持着距离。我可能只见过他一次,当时他把我们介绍给剧院的常驻舞台与技术监督,一位印度人。此外,他一次也没来查看

苏西和约翰主演的《黑隐士》。图片来源：苏西·塔鲁

过我们的服装、技术或彩排，也没向我们提出任何艺术指导。我从舞台监督处了解到，对于《山羊之歌》那场灾难性首演的记忆也许是他有所保留的缘故。如同为了弥补其上司的冷漠，舞台监督全心全意投入排演，成为了我们的同盟。

在教员当中，最积极支持我们的是大卫·库克。他读完剧本后给出建议，并参与了排演的每一个环节，从未质疑学生们完成演出的能力。在布景设计上，他为我们请来经验丰富的约翰·巴特勒和伊莱·凯伊云令人尊敬的艺术家团队，提供了我们无比急需的帮助。丁威迪与往常一样热情高涨，永远表现出兴趣与好奇，给予鼓励但并不以期望向我们施压。我知道无论成败都可以指望他的支持。此外，大部分的教员持观望态度。

首演之夜到场的观众人数让我内心的紧张有增无减。我从未在哪个地方见过这么多燕尾服和领结,就连主礼堂里举办的社交活动和正式舞会也相形失色。离开演还有很久,坎帕拉的黑人、亚洲人和白人们就纷纷涌向接待区,聚在酒吧周围和门外。这些社交场合的重量级人物都是前来观看这部剧的?见到同校学生的面孔让我松了口气:我在观众中肯定有同盟了。

当人满为患的观众席上灯光渐暗,舞台上的灯照亮在棚屋外劳作的非洲母亲时,我的恐惧消失了。我的胃松弛下去,又紧张起来,但这次是出于兴奋。就算是多次见过苏西·乌曼彩排的我,此时也陶醉在她对舞台的绝对掌控之中。后来,古丽扎尔·那恩吉忆起"苏西绝妙的演出,那合唱,以及氛围中凝聚起来的张力"。这为其后上台的演员和整场演出打下了基础。

第一次幕间休息时,大卫·库克、迈尔斯·李和彼得·卡彭特争相来到后台,几乎要被对方绊倒。他们还未开口,我就知道演出进展顺利:这一幕结束、幕间休息开始前,雷鸣般的掌声在后台也能听见。三人脸上无法掩饰的喜悦之情更是不言自明。他们前来告诉我媒体的反应:乌干达广播站、英国广播公司和《乌干达守卫报》。英国广播公司想在演出结束后采访我。

前半场的成功为后半场注入力量,当大幕最终落下时,掌声雷动,似乎要将剧院撕裂。全体演员向起立鼓掌的观众们鞠躬后离开,又回来在更为响亮的掌声中再次鞠躬。谢幕持续了些时候,像是又加演了一场。

在后台,我尽享这热烈的赞美,也跟着一起鼓掌。接着,我突然听到有人喊我上台。我犹豫着。

后来,特贾尼忆起我徒劳地想要保持匿名。"恩古吉十分不愿上台",他如此描写首演之夜,"在观众的集体要求下不得已现了身,因为他们想要见见这剧的作者。我们为他起立鼓掌。"我的不情愿并非是在假装谦虚。我真心觉得这一夜属于演员们。这是来自不同种族、社群、地域与信仰的男女们的才能与投入所创造的胜利。这是演员、舞台与道具监督、资金赞助人和服装制作者们的集体努力成果。没有这些不同部门的合作,就没有这场演出。它的美妙之处在于——这是一场集体艺术。我这样讲了。如果一定要有一个人居功的话,那人该是麦克雷雷学生剧社的社长彼得·金扬久伊,是他想出了这个主意。

首演夜的成功为余下场次打下了基调,四场演出全部满座。

唯一偏离固定流程的事发生在周六晚上。这将是一个简短的仪式,在起立为我鼓掌的观众们安静下来后,彼得·卡彭特宣布说。他介绍了来自东非文学署的一位代表,这位代表又介绍了独立乌干达政府的部长。L.卡路尔-赛塔拉先生呈给我一只信封,内装颁给我小说手稿《黑人弥赛亚》的奖金。

二

那一晚充满讽刺意味:我仍是一名殖民地的臣民,就独立的问题创作并排演戏剧。我从一名公民——非洲公民的手中接过了奖金。

但当我在一片恍惚中回到位于罗富国楼的宿舍中后,我体内的小说家浮现了。我对奖金很好奇。结果这么久悬而未决,我已经放弃从文学署得到消息的希望了。事实上,我以为读完并评判书稿在几周内就能完成,无须数月。由于等得不耐烦,我有时会认为手稿是寄丢了。但随着我的第二部书稿《孩子,你别哭》写完并被接受出版,我对《黑人弥赛亚》参赛结果的兴趣减退了不少。

我打开了信封。这部小说的确是收到的文稿中最优秀的,但那些英国评委认为它未能达到获得一等奖——一千先令①的标准。我有点失望。不仅是对那张五百先令的支票——相当于现在的六美元。如果他们说收到的小说——包括我的在内——都没能达到文学水准,我会理解的,但他们说它是最好的,并在媒体上宣布这一事实,然后又拒绝向获胜作品颁发最初征稿时公布的奖金,这感觉像是抢劫。不过,他们把书稿拿给了一个出版商,看能否获得出版,这让我稍感安慰。

我对小说事件的失望无法遮蔽剧作在坎帕拉初次登台的光辉,也不能削减此剧所取得的成就:打击了英语写作的东非戏剧在国家舞台上无法独当一面的观念,以及不同种族、社群和地域无法为共同目标协作的看法。

回首往事,那晚于我是双重胜利:一个剧作家诞生了,一个小说家诞生在即。作为剧作家,我心中的伤口已获治愈。然而,我所不知道的是,作为剧作家,更多的伤痛在等着我;戏剧日后将为我带来在最高安全级别监狱中度过的一年,其后又是多年流放。通往迫害的旅程始于1963年,在坎帕拉与麦克雷雷。

三

在一篇对1960年以来"东、西非戏剧作品"的简短回顾中,彼得·卡彭特强调,《黑隐士》是第一部由东非人写就的足本戏剧。这篇文章先是登在《戏剧》杂志1963年春季刊上,后又重登在《麦克雷雷日报》上。

---

① 价值等同如今的十二美元。——作者注

另一篇评论登上 1962 年 11 月 22 日的《麦克雷雷人》头条,英语系教授特雷弗·惠特克在文中赞扬道,此剧说到了这片大陆人民的心坎里,而其排演则是麦克雷雷剧社目前最棒的一次:"今日的非洲时局动荡。乌呼噜将旧俗斩去并予以重塑,成长之痛难以忍受。不同的派别、宗族和政策叫嚷着要求得到聆听,互相竞争,生怕新生的国家会把它们丢弃。一切都在分崩离析之中,而中心尚未确立。"

除此之外,对这部戏剧的评价反映出,分裂正在麦克雷雷的评论传统中形成。

杰拉尔德·摩尔的评论发表在 1963 年 3 月刊的《过渡》上,文章以一个问题开篇:"詹姆斯·恩古吉的《黑隐士》应该在国家剧院全本上演吗?"后文中,他对此剧对诗体的使用展开猛烈批评,并总结道:作品中涉及的问题——对国家、意识形态、信仰、家庭、欢爱和部族的诉求——尽管与东非密切相关,却并未得到充分展开。这出剧应该留在山上演出,这才是学生作品的归属地。一个曾助我受到在麦克雷雷举行的非洲作家大会邀请之人说出这样的话,令人匪夷所思。他对《黑隐士》的评价与特雷弗·惠特克和彼得·纳泽瑞斯的观点截然相反。

纳泽瑞斯的评论发表在 1963 年 6 月的《过渡》上,他认为,摩尔的问题确认了力图在国家舞台上发声的正当性与合理性。纳泽瑞斯含蓄地指出了此剧上演的空间与其内容间背后的政治,这一点摩尔并未提及。他的评论打响了双方意识形态间的争斗:一方是主流正规传统,另一方是想要将文学作品的生命从传统的扼杀中解救出来的新生力量。得益于对殖民主义的第一手经验,新兴的评论家们开始与主流趋势做斗争,后者将西方看作一个固有的存在,一套固定的价值观与标准,其他的抱负都必须以此来衡量。

其具有创造力的对应者意识到,他们必须讲出的故事不能由他人代为讲述,同样地,新兴的本土评论家也意识到,他们必须表达的观点亦无法由别人代替讲出,即使是从另一面了解殖民主义的人中最富同情心的也不行。

特别值得一提的是,纳泽瑞斯不认同摩尔对牧师的刻画不置一词。尽管承认此作确实存在弱点,纳泽瑞斯反对摩尔认为其在探讨问题的展开上缺乏深度的观点,指出了这部剧作在现实生活中的影响:对于牧师角色的刻画致使"圣方济各堂的牧师进行了一系列关于基督教的布道"。然而,归纳神职特性的布道一定传出了圣方济各堂的围墙。

四

我正走在一群学生当中,他们大都曾在联盟中学就读,我们手拿书本,正从图书馆向位于主礼堂另一侧的教室走去,这时,我认出那位正向我们走来的白人的步伐有些似曾相识,他身穿一套灰色西装。

是凯里·弗朗西斯,我以前学校的校长。[1] 他是麦克雷雷董事会中的一员,但我们在这里未曾相遇过。我很高兴,有点期盼见到他,但我觉得他是不会从一群人里把我认出来的,那些学生大都是最受他青睐的行为楷模,有几个是模范级长,常被视作榜样。我本能地准备好给学长们让路,四下望去。我是独自一人了。不知怎的,其他人突然消失了。疑惑打消了我的热切。我应该直接走过,不去提醒他自己是谁。

---

[1] 参见《中学史》。——作者注

"詹姆斯！"他喊道。我对他立刻认出了我感到受宠若惊。

"告诉我，"他没头没尾地说道，"我们在联盟中学怎么错待你了？"

有什么东西在他心中引起如此强烈的痛苦，以至于在我离校四年后，这一点仍体现在他的语气和冷冰冰的表情中，我对此完全没有线索。我困惑地喃喃道："没有，就我所知并无错待。"

"那你为什么要把我们说得那么糟？"

我不记得自己曾就联盟中学的老师们做出负面评价了。那所学校是我求知之路的一部分。

不过，我记起自己曾在1963年1月6日的《星期日国家报》上发表过一篇关于基督教和殖民主义的文章，题为"在我看来，肯尼亚的传教士们失败惨重"，文中，我指出了两者间的共生关系。我指责传教士让人们更在意灵魂的贫穷，而非身体的缺乏。但写这篇文章时，我想的并不是联盟中学、校长或其他教师。

"你是说那篇文章吗？"我问道。

"哪篇文章？你还就这个问题写文章了？"

"那篇文章说的是整体上的传教工作。"我说道，无视了他的问题。

"但你认识的传教士只有我们？"

一个描述历史事件的人无须亲身经历。"我指的是帝国主义。"我说道，希望能了结这件事。

我不想与自己过去的校长进行这番讨论，自从1958年从联盟中学毕业后，我就没再见过他了。我觉得这很荒谬，身穿白衬衫和灰羊毛裤站在这儿，手里举着书，反驳他话语中暗含的、对背叛的指控。

提到帝国主义似乎激怒了他。他带着不耐的愤怒驳斥道：

不要成为政客们所钟爱的主义的囚徒。要这样想:一群来自不同种族的人,将他们连在一起的是对正义、自由与服侍的最高理想。服侍高于一切。你所嘲讽的牧师和传教士正是这个群体中引以为豪的一员。传教士将一切都奉献出来——他属世的财产,他自己,他的身体、头脑和灵魂——只为服侍我们中最卑微的人。你们的那些政客会要求:给饥饿之人以饱足,给口渴之人以水源,为无家可归者建住所,让赤足之人有鞋穿、裸身之人有衣蔽。他拥有的越多,累赘也就越多,甚至连那些他宣称对抗的主义的产物也想要。

他所谓的政客让我想起一张图,画的是一位着装过度的非洲绅士:脚蹬光鲜的鞋子,夹克一件套一件,头戴遮阳帽,拄着手杖,戴着墨镜,头上照着热带阳光,图片的标题是:"不要学这个人。"这张图出现在许多年前弗朗西斯写的一本小学卫生保健图书中。

在弗朗西斯眼中,现在领导许多国家步入独立的民族主义者们是否就像"这个人"?还是说,他的反应是出于对获胜的国家主义发自内心的憎恶?

他抓住了我的犹豫。

"疯狂奔向 Uhuru,詹姆斯,会让政客为自己索取服务,而非投身于服侍。"

"这同殖民主义对非洲的索取如出一辙。"

"殖民者也许是这样,但传教士和尽忠职守的政府官员们并非如此。"

"你看不出吗,对我们来说,他们也是压迫我们的殖民体系的一部分。"

"但为什么要全都怪在牧师身上。你是说我们在联盟中学压迫你了吗?"

"不是,不是。"我想要尖叫。他把传教士这个整体私人化了,这让他无法看清他们在主义的大局中所扮演的角色,这正是我所说的而他予以嘲讽的主义。

"我指的不是你或联盟中学的其他人。"我重复道。

"是的,但牧师,你的牧师……"

我们分别时与相遇时一样,没有寒暄。他走后,我才突然意识到:佩恩牧师一定跟他讲了我通过《黑隐士》中的角色对基督教的刻画。

五

这次交谈让我陷入沉思,想着传教士和殖民政府。我喜欢凯里·弗朗西斯,他有些顽固,甚至太快就下断语,但没有人能质疑他的无私奉献。还有弗雷德·威尔伯恩牧师,与众不同,思想开明,但终究也是一名基督教传教士。个人的良好作为能脱离其所服务的体系而单独存在吗?一种道德姿态与让这种姿态变得有必要的背景可以分开而论吗?为体系的受害者缝合伤口是否足以抹除一个人在这体系中应承担的罪责?个人的道德姿态是否能洗去体系的罪过?

还有佩恩和福斯特,前者腼腆狡黠,后者热情且看似思想开明,但两人都以不同方式代表了狭隘的世界观。佩恩至少很谦卑,没有声称了解非洲人的思维,但福斯特把他的世界观强行加入一大堆研究非洲人的"专家"之列,这让他们能怀着虔敬批准屠杀,同时对自己将进入天堂、坐在上帝右手边深信不疑。

我记起自己读过的一本书:麦克格雷格·罗斯所著的《内窥肯尼亚》。从这本书中,我第一次得知,赞美诗《甜美圣名》的作者是一个英国奴隶贩子。我们曾在联盟中学的礼拜堂里唱过这首歌,而现在罗斯告诉我,这是约翰·牛顿在一艘奴隶贩运船上写出来的?后来我进行查证,当真如此,1748 至 1749 年间,牛顿作为布朗洛号奴隶船的大副,在去往西非的首次航行中写下了这首赞美诗。

得知其创作背景后再看这首赞美诗,其中的一些段落听起来完全是嘲讽:

> 何等甜美,耶稣圣名
> 在信徒耳中回响!
> 抚慰忧情,治愈伤痛,
> 心中恐惧尽除净。

> 能将破碎心灵医治好,
> 使胸中烦恼俱安定;
> 赐粮食喂饱饥饿的灵
> 使劳倦之人得安歇。

> 主名是我的坚固磐石,
> 是盾牌亦是避难所……[1]

1750 至 1754 年间,当牛顿在其他奴隶船——阿盖尔公爵号和非洲人号上做船长时,或是当他住在用贩卖奴隶的所得——尽管他很久以前就离开了贩奴行业,并加入约克郡国会议员威廉·威尔伯福斯支持废奴运动——买下并维持的教区牧师住宅中时,

---

[1] 约翰·牛顿 1779 年作词,亚历山大·雷内格尔 1836 年谱曲,《甜美圣名》,*http://cyberhymnal.org/htm/h/s/hsweetnj.htm*。——作者注

也写下了其他联盟中学最爱的赞美诗,包括《奇异恩典》和《传扬你的荣耀》。

在他耳中回响的是大帆船甲板下奴隶的呻吟,那忧情是奴隶的呜咽,那伤痛是牛顿本人下令施加在奴隶身上的,那饥饿的灵是因他受饿的,他当作盾牌和避难所的坚固磐石也是他捆绑奴隶的地方。布莱克应该这样写:地狱(以及妓院)是"以宗教的砖石建成的"。那些恐惧、悲伤与苦难的图景取自他所在的布朗洛号船上的奴隶。但牛顿的描述就好像承受伤痛的是他,而非那些被他装上贩卖船的黑人奴隶,施刑者更是他本人。奴隶卖得好换来的钱财利益压倒了保有善良灵魂的健康带来的益处。但牛顿将他手下的受害者所受之苦派到自己身上,他们成了他空洞灵魂上的精神"伤口"。把基督教从实际与属世的领域中抽离出来,简化为荣耀之地中的信仰与恩典——这帮助牛顿调和了两种互相冲突的利益:他可以终其一生在世上作恶,但即使在中风后、临近生命尽头时才忏悔,也有丰富的恩典在等着他。

传教士是否也是这样把受殖民统治的经历抽离出来,放到荣耀之地,在那里,殖民者与受殖民者之间的矛盾因忠于共同的信仰而得到友好解决?当帝王们意识到,他们尽可终其一生随心所欲地作恶,临终之际罪过皆可洗净时,基督教就成了帝国的宗教。

六

坎帕拉剧院给我上了第一课,让我了解到表演空间的政治及演出对思想政治的影响。提到《黑隐士》时,惠特克写道:"此剧怀着谦卑与同情让人意识到我们这片土地上的紧张局势。"我们可以把"这片土地"换成"这个世界"。戏剧是一个危险的领域。

尽管我当时不可能知道,但多年后的事实证明,为坎帕拉国家剧院的空间所做的斗争相较于在后殖民时期的肯尼亚所做的类似斗争,只能算是彩排。在那里,我和麦瑟·吉赛·穆戈合著的作品《审判德丹·基马蒂》遭到坚决抵制[1],其后果远超国家剧院的表演空间,变为监狱的围墙与流放的疆界。那是1977年,彼时的肯尼亚已用自己的旗帜换下了英国国旗。

---

[1] 参见恩古吉·瓦·提安哥著《扣押:一个作家的狱中日记》(1981年;内罗毕:东非教育出版社,2006年出版)和《枪口、笔尖与梦想》(1998年;牛津:克拉伦登出版社,2003年出版)。——作者注

第十一章　煤炭、橡胶、金银与新旗帜

一

新旗帜的升起标志着我在麦克雷雷度过的时光:我在1959学年入学,并于1963至1964学年毕业。若以全球性事件标记同一段时光,它则位于帕特里斯·卢蒙巴遇刺后、肯尼迪开始掌权的1961年,和越南总统吴庭艳遇刺后、肯尼迪自己也遇刺的1963年11月22日之间。在这段时期,推动全球政治的是资本主义西方与共产主义东方间的冷战,相互争夺新旗帜的效忠。越南是冷战的典型代表。

相较于对朝鲜和中国的了解程度——土地与自由军中的一位指挥官甚至以"中国将军"作为化名,我对越南所知甚少。但我读过格雷厄姆·格林的小说《文静的美国人》,书中人物奥尔登·派尔坚信除殖民主义和共产主义外,第三股势力的存在,这看法疑似肯尼迪于1957年在参议院发表演讲时,谴责法国殖民阿尔及利亚时所说的:

在当今世界上，最强大的一股势力既不是共产主义，也不是资本主义……寻求自由与独立是人类永恒的愿望。自由之伟力最大的敌人，确切来说，叫作帝国主义。如今，这个词指的是苏联帝国主义，以及——无论我们是否乐意，或认为不能将两者相提并论——西方帝国主义。①

冷战在直接影响我们生活的事件中投下阴影。在中情局的帮助下，在冷战中不能指望的卢蒙巴被杀害了；在中情局的帮助下，冷战中不再有用的同盟吴庭艳也被杀害了。但肯尼迪呢？

我们以哀悼一位朋友或邻里的方式哀悼他的死亡。他去世后一日，我们到罗富国楼食堂吃饭的所有人都起立默哀两分钟。很难找到适当的言辞，正如丁威迪在第十二期《通讯录》中的致辞所说的，更好的做法是，集体中的每个人都应与他人一起，在自身的静默中反省这一事件带来的悲痛与遗憾。肯尼迪是一位杰出而有胆识的领导者，丁威迪补充道，将他描述为"一个象征着希望的人，在神恩带领下，每一件他致力于解决的难题看起来都能够被克服"。圣方济各堂为肯尼迪举行了追悼会，而圣奥古斯丁堂则举行了弥撒。美国大使欧考特·丹宁出席了两场仪式。

但当我们哀悼他的离去时，最常提出的问题是谁杀了肯尼迪。在有关阿尔及利亚问题的演讲中，他与加纳的克瓦米·恩克鲁玛，象牙海岸的菲利克斯·乌弗埃-博瓦尼，坦噶尼喀的"导师"雷尼尔以及其他非洲国家领导人合照，他把美国塑造成新时代的同盟，

---

① 约翰·F.肯尼迪，"约翰·F.肯尼迪参议员在锡拉丘兹大学所发表的演讲，锡拉丘兹，纽约，1957 年 6 月 3 日"，www.jfklibrary.org/Research/Research-Aids/JFK-Speeches/Syracuse-University_19570603.aspx.。——作者注

尽管当时当地的迹象表明,这友谊实际上是一股西大西洋势力正在第三世界事务中取代东大西洋的诸个旧势力。

事实是,肯尼迪授意开展的"为东非提供教师"和"和平部队"计划是我们在麦克雷雷生活中的一部分。我们肯尼亚人无法忘记,是肯尼迪及时的空运将教育的前景与可能性扩大至麦克雷雷山之外。

随着坦噶尼喀与乌干达的相继独立,肯尼亚和桑给巴尔成了曾受殖民统治的英属东非四国中不和谐的存在。已获独立的两国努力推进独立进程,先是在内罗毕宣布将要成立东非联邦,广受支持后,又在坎帕拉钟楼举行的一次集会上为其打下群众基础。集会以雷尼尔、奥博特和肯雅塔三人的联合出席为号召,参与者众多。麦克雷雷的学生结伴前往集会,高唱道:

Tulimtuma Nyerere
Kwa Uhuru
Kenya Uganda Tanganyika
Sisi twasaidiana①

我们把歌中雷尼尔的名字轮流替换成奥博特和肯雅塔。

先是公告,现在又举办集会,加大力度向英国人施压,要求肯尼亚与其他两国一样获得独立。地域推动与内部不断高涨的民族主义热潮,再加上在伦敦的兰开斯特宫进行的谈判,让肯尼亚在1963年6月取得了对内自治。这在斯瓦希里语里叫作"马达拉卡"。此后一个月,我的次子基蒙亚诞生,他是全家第一个生于半自由的肯尼亚的人。

---

① 我们派雷尼尔/踏上寻求自由的征途/肯尼亚、乌干达与坦噶尼喀/我们携手互助心连心。——作者注

在西非的表演中,大型化装舞会前总是先举办小型化装舞会。后者登上舞台时,人人都知道前者即将来临。

就好像名字袭自恩扬布拉父亲的基蒙亚是来宣告,马达拉卡——对内自治——这场小型化装舞会在为大型化装舞会铺平道路,挥舞着新旗帜,唱起新的歌。

二

即将到来的大型化装舞会吓坏了白人殖民者。作为自治政府首任总理的乔莫·肯雅塔费心费力地向他们保证,一切将维持原状,他们不需要惧怕黑人的统治。他领导的不会是一届匪徒政府——这是对茅茅不甚隐晦的指涉,他们被英国人称作恶棍和匪徒。这个曾因涉嫌领导武装反抗而入狱八年的人现在却表示,他不会以这反抗理念领导自己的政府。

讽刺的是,对肯尼亚彻底独立的前景心怀恐惧的表达出现在坎帕拉,而非内罗毕。在肯尼亚独立日的晚上,一些住在坎帕拉的白人决定办一场派对,以哀悼不复返的过往。

女人们裹在英国国旗里前来,男人们则头戴遮阳帽。作为额外节目,他们重演了往日辉煌:原住民被迫代为传讯,进退两难。每一个令人反感的种族歧视场景都在这日后被称为"坦克山哀悼派对"的活动上进行了重演。

乌干达挂起自己的旗帜已有时日,奥博特政府并不认为这种族歧视性的怀旧是个玩笑,将派对的十五个组织者逐出了乌干达。坦克山派对与其导致的驱逐在伦敦引起激烈争论。那些白人不过是在闹着玩,女王的国务大臣邓肯·桑迪斯解释说,并无恶意,但与觉得这玩笑确实好笑的英国人不同,其他人有点太敏感了,而且英国政府已经向乌干达道过歉了。不过,不用担心,那些开玩笑的人的全额退休金正在伦敦银行账户里等着他们呢。①

坦克山派对如同出自康拉德的小说中,生活在帝国边陲的人们对改变的威胁及改变本身毫无知觉。

三

在大学的最后一年里,我在大卫·库克的指导下集中研究约瑟夫·康拉德的作品。康拉德的著作贯穿欧洲征服与占领的土地,从遥远的亚洲穿过非洲腹地,一直到达南美大陆。除了身为英国文学巨匠,康拉德另有过人之处。英语是他的第三语言。他的故乡波兰在以俄罗斯和奥地利为首的欧洲势力的撕扯下分崩离析。也许,只是也许,他在欧洲对亚洲、非洲和南美洲的贪婪殖民扩张中看到了波兰的影子?

通过他笔下的人物——他们为这样的企业工作:小说《胜利》中的热带公司;《诺斯特罗莫》中,获得授权在虚构的南美小岛卡斯塔瓜纳发掘银矿的公司;以及《黑暗的心》中,在利奥波德治下的刚果贩卖象牙的公司——他始终明确指出,这侵略并非为了获得征服的自私乐趣,也不是单纯追求名望,更不是出于基督徒的理想,要压制异教习俗:"榨干大地腹中所蕴含的财宝是他们所求,这种行为背后毫无道德目的,一如撬开保险箱的窃贼。"②在他的主要作品中,因煤炭、橡胶、金银和其他埋藏宝藏而起的争端主导

---

① 参见"乌干达:一场白人的宿醉",《时代周刊》第 83 期,世界版第 1 页,1964 年 1 月 3 日出版。*http://content.time.com/magazine/article/*0,9171,940778,00.*html.*。——作者注

② 约瑟夫·康拉德著,《黑暗的心》,第 1 章。——作者注

着叙述,它们是帝国权力的种族主义构架基础。无论他如何描述原住民的抵抗,明确的是,他始终明白,殖民者和被殖民者都是帝国主义演化过程中的产物。"对大地的征服大多意味着从与你肤色不同或鼻子更扁一些的人手中掠夺土地,当你深入探究这种做法,就会发现它的丑恶。"①

康拉德的作品如同一次公车旅行,在那个世界中,欧洲皇室与基督教王国从亚洲、非洲和拉丁美洲惨遭屠杀之人的骷髅中饮酒,然后前往教堂,一一数算他们所获赐福。殖民主义不过是"暴力抢劫,更大范围内的恶性谋杀"。② 那是一个正在死去的世界,但仍对活人的世界有着强大掌控力,正如坦克山派对所证明的那样。

形式化的文本精读和在麦克雷雷英语系大行其道的利维斯派③"高等"文化对抗"低等"文化的道德框架不足以帮助我彻底理解康拉德作的作品,以及那个将死的世界和其替代者,因为若想如此,我就得为正在乌干达和肯尼亚展开的事件命名,而这意味着要理解那个被征服的世界——《黑隐士》中所探讨的问题只是对它的模糊反映。

那部剧作是围绕种族分化展开的,这种分化是新成立各国的首要威胁。在肯尼亚和乌干达展开的事件证实了这一论点。在肯尼亚,受到白人殖民者支持的肯民盟自称代表以马赛人和卡伦津人为主的小社群,而肯非盟则自称代表以卢奥人和吉库尤人为主的大社群,其余的社群支持两者的都有。

---

① 约瑟夫·康拉德著,《黑暗的心》,第1章。——作者注
② 同上。——作者注
③ F. R. 利维斯(F. R. Leavis),二十世纪早期至中期的著名英国文学评论家,以评论简·奥斯汀、乔治·艾略特、约瑟夫·康拉德和 D. H. 劳伦斯的作品而闻名。

类似的模式正在乌干达形成：诸如布干达人、班约罗人、安科人、兰戈人、阿乔利人等位于西尼罗河沿岸的社群如拼贴画般混杂在一起，各有其传统统治者或政治领袖。我想起乌龟的故事来。

相传，龟曾以拥有一整块皮囊为豪，一日，他让鹰带着飞到天界，那里，人人都称赞他的完整。鹰对大家都把目光集中在朋友的身上感到不快，独自回到地界，没有提醒龟回程的事。时间一到，龟别无选择，不得不跳回地界。他四爪着陆，但骨头全碎了。一位医者把他的碎骨拼在了一起，但痕迹仍留了下来。龟为了生存，以顽强的向心力使拼补而成的壳连在一起，并利用它作为住所和伪装；相反，各种族间的离心力却快要把国家的皮囊扯坏了。

以促进种族分化为政治策略并非新发明，而是继承自殖民统治。殖民资本家需要将相互毗邻的各地域用铁路、公路和城市连在一起，以使资源开发更为便捷高效。但他们又不希望相同的通信系统为民族团结创造氛围。

由殖民军队和警察组成的中心力监督着经济上的向心力与政治上的离心力，并使两者处于永恒的紧张关系中。组成这中心力的阶权下至步兵，上至国王、女王和总统。在肯尼亚，直到实现对内自制前两年，跨种族的非洲政治联盟一直遭到法律禁止。白人定居者却被允许成立全国性联盟，尽管他们并没有这种需要，因为国家机器最终服务于他们的利益。

殖民政府依靠分裂与统治而兴旺。在每一块种族补丁内部，政府都制造出这样一个阶级，其思维模式是以整个教育体系——既有奖赏也有惩罚，既有赞扬也有批评——为支撑的文化塑造而成的。就连那些新制度下的优胜者，其思维模式都根植于对殖民语言的掌握。统治一切的语言属于殖民政府。

你无法指望殖民主义在培养并鼓励其对立者的同时存活下去。因此,若想克服阶级与种族分化,不能靠维持现有前景规划,正是这种规划最初创造、促进并加剧这些问题的。

能有效对抗分化的只有更具远见的规划,当然要与创造并促进分化形成的规划不同。正因如此,才有了这个寓言故事,其寓意彼时的我们无从得知。

每任成功的政府都保证要维持旧有水准。这游戏名叫"连续性",其规则在伦敦、巴黎和布鲁塞尔召开的闭门会议上制定成文。但这些被看作理想的水准,是通过操纵地域差异、不平衡发展、阶级、种族、甚至是信仰分化来确立并维持的。而我们则保证不去改变其基础——支撑这些水准的确立及维持的构架?这是一个鱼与熊掌不可兼得的问题。

作为那些水准基础的构架,其基本防御是由军队、警察和行政部门组成的。就算没有恶意预谋,事实也是如此:最可能接过并延续这些水准的,是那些生活受参与争斗的影响最小的人。流行舞曲中的一句歌词写得好:参与者赢了比赛,拿到奖杯的却是旁观者。

在"小型化装舞会"于6月到来前,那些有意、无意或幸好明哲保身的人就已准备好踏入竞技场了。当"大型化妆舞会"在1963年12月13日来临时,那些昨天还在山林间追捕土地与自由军士兵、并在街道上围堵其同党的军队将领和警察头头们现下作为新一代国家军队和警力上街游行,为崭新的国家而自豪。他们升起新旗帜,高唱新国歌,国歌由格雷厄姆·希斯洛普作词谱曲,他是殖民时代的文化栋梁之一。词是好词,但我们甚至无法将信任交给一个肯尼亚人,让他来完成这任务,或者至少是比较不同的作品。

为新国家的高声欢呼被登山运动员奇西欧·门尼奥收获,他攀上肯尼亚山,在山顶插上绿、红、黑三色国旗。他的脚步激动着千百万人的心,这种自豪被写入广为流传的歌词与旋律:

>Munyau haicia bendera
>Haicia bendera
>Munyau Haicia bendera
>Haicia bendera
>
>Nīya marūri matatū
>Haicia bendera
>Haicio bendera
>Nī ya marūri matatū
>Haicia bendera
>
>Mūtune thakame iitū
>Haicia bendera
>Na mūirū gīkonde gitū
>Haicia bendera
>
>Ngirini nī ithaka citū
>Haicia bendera
>Ngirini nī ithaka citū
>Haicia bendera
>Haicia
>Haicia

Haicia①

在肯尼亚所有的语言中,歌中传达的都是相同或类似的主题。听到这首歌和国歌的感觉很美妙。我再也不用祈求上帝"保佑尊贵的国王或女王,愿她治国家,王运长"②了。终于,肯尼亚并于同月重获独立的桑给巴尔一道,加入坦噶尼喀和乌干达,使得整个东非地区成为脱离殖民主义的地带。

坦克山精神在各地域重现,但这次不祥地披上了军装。相距数日且都发生于1964年1月,桑给巴尔发生起义,坦噶尼喀、肯尼亚和乌干达发生兵变。所有国家的的新任领袖都求助于英国来平息叛乱,发生叛乱的部门正是由同一个英国作为予以维持的水准移交出去的。桑给巴尔的前任殖民统治者扭捏作态,没有出手干涉。这些军人为什么要这么做?我们在麦克雷雷愤怒地质问,我们支持雷尼尔、奥博特和肯雅塔对此作出的回应,包括他们不得不屈辱地请求前殖民者来劝服或镇压叛乱。

有意思的是,在乌干达,成为最终受益人、并在叛乱中被提拔为准将和军事首领的是这个人——他于1946年在英军的后厨里开始了军事生涯;通过无情地收集土地与自由军士兵的人头而官运亨通;在英军撤离后,作为军衔最高的非洲军官被留下。我们当时并未意识到,伊迪·阿明至少在肯尼亚有其对应者。丹尼尔·阿拉普·莫伊在1954年被殖民政府安插入政治进程中,时值政府反土地与自由军运动的全盛时期,而他似乎在每次重大政治危机中都成为主要受益者。

---

① 去掉重复后的选译为:门尼奥升起三色旗。红色是我们的血液,黑色是我们的皮肤,还有绿色,我们的土地。把这旗帜升高,再升高。——作者注
② 指英国国歌《天佑女王》(*God Save the Queen*)。

有关独立,我认为最好笑的一点是,曾经的殖民势力——英国、法国、比利时——现在都殷切地宣布他们与新成立的民主国家之间的友谊。他们保证提供帮助、合作,只为帮助非洲赶上西方。他们甚至宣称仰慕非洲在东西双方间的所谓中立态度,只要他们永不与东方意见一致,也不和除西方之外的势力达成经济及军事共识。只要非洲继续获得援助,购买西方的军事装备并在其军事学校中受训,他们就愿意为非洲做任何事。朋友,我们是朋友,我们会帮助你们赶上我们。

这是巨大的态度转变,我写道,想起诺曼·雷所著的《肯尼亚》中另一佳段:"与此相反,我不能忘记当一切都随他们所愿时,这些人的作为,以及他们获准所行之事。同样,任何态度转变,只要有悖于人民最大的利益,以及长久珍视的最真切理想,我也不予信任。"[1]将其帝国建立在黑人的脊背上的殖民势力现在又说愿做值得信任的伙伴,把权力交到黑人手中。

然而,这些都不过是自由之路上的坎坷。这些坎坷无法抹去事实:我正在一个脱去殖民外衣的非洲国家上大学,来自石油公司、政府部门和其他产业的代表团每日都在校园里举行招聘会。天堂的大门在向现在与过去的大学毕业生们打开。

我们也能在教员的人员组成中看出变化。1959年我入学时,校园里鲜有非洲或亚洲讲师。但到了"大型化装舞会"时,麦克雷雷有了一些非白人讲师,包括彼士利·奥戈特、西米恩·奥明德、大卫·瓦撒沃、姆瓦伊·齐贝吉、森缇扎·卡朱比和阿里·马兹鲁伊。日后,他们大都在学术界外另有所成,但他们在麦克雷雷的出

---

[1] 诺曼·麦克莱恩·雷著,《肯尼亚》,第4版(伦敦:弗兰克·卡斯出版社,1973年出版),由乔治·谢泼森作序。——作者注

现是一种集体荣誉。这是时代变化的象征。

以独立为界,我的大学时光可以另一种方法标记。1959年,我作为殖民地的臣民进入麦克雷雷,到1963年毕业时,已是独立肯尼亚的一名公民。

第十二章　在国家报工作

一

作为一名公民,我为获得伦敦大学的学士学位参加了期末考试。不知是为了在心理上做好准备,还是作为缓解压力的方式,考试开始前的周末,我跟着已入会的一家攀岩俱乐部到坎帕拉郊外登山去了。我加入俱乐部是因为恐高。我想通过在专业人员的指导下登山来克服恐惧。在俱乐部的带领下,我探索了坎帕拉内外不同的景色与岩石组成。这种体验也十分符合我对大自然的敬爱,它启发我写了许多故事。但如今看来,这不是个很聪明的做法。过于放松让本处于防卫状态的神经睡起了大觉。但我还是勉力重振精神,带着一定程度的乐观精神参加完考试。

在交完最后一篇论文后,我倍感轻松:从 1947 年我的农民母亲送我去上学起开始的旅程走到了尽头。唯一的遗憾是,我的小说仍未出版。我原本希望,至少《孩子,你别哭》能在我离开麦克雷雷前出版。我已将编辑过的校样寄往伦敦,暗中恳求:拜托了,拜托了海尼曼的各位先生们。我想作为已出过书的学生从麦克雷雷毕业！但随着考试结束，出版商们显然并未听到我无声的祈祷。如今，等待出版商实现诺言所带来的焦虑和压力之上，又增加了对伦敦大学的期待。不管怎样，我的未来都取决于伦敦。然而，不论结果如何，撰写了两部小说、一部全本戏剧、两部独幕剧、九篇短篇小说和超过六十篇新闻报道的我都有自信，自己已重新定义了学生一词的标准。

我开始为工作担心，便求助于国家报：自它成立以来的三年中，我已连续两年为他们写观点专栏。他们立刻回复了我，愿意让我进报社做记者，同时继续写专栏。

其实，除了每周为《星期日国家报》写文章，这不是我第一次为国家工作了。《国家日报》曾为我提供临时工作，对此我十分感激，因为除了薪酬可观外，他们更让我免于考虑回到农林研究所那群人和恐黑的摩西当中去。迈克尔·柯蒂斯是当时国家报的主编。我曾见过他一两次，他很友好，并不把我当作一个临时雇员看待。

我也和当时为国家传媒集团下属的《泰法里奥》工作的少数几位非洲记者成为了朋友，特别是乔治·姆巴戈斯。作为给国家报名为"姆巴戈斯米塔尼①"的固定特辑撰写有关城市黑人聚居区——卡瑞奥可、巴哈蒂、彭姆旺尼和朔瑞莫约②——报道的记者，他在肯尼亚的地位相当于南非的《鼓声》杂志③作者，属于坎·滕巴、路易斯·恩科西和布洛克·莫代西恩那一代人：强硬、自信、

---

① 城里的非洲人聚居区。——作者注
② 内罗毕的黑人社区。——作者注
③ 非洲的第一本生活方式杂志，以其二十世纪五六十年代对种族隔离制度下小镇生活的报道而闻名。

松垮地系着领带的都市人,报道黑人贫民窟里流离失所的生活,或非法酿造烈酒的地下酒吧。倒不是我真的见过姆巴戈斯猛灌酒精,但他撰写的那些有关黑人聚居区的报道确实给人以这种印象。到了我开始在报社工作时,他已经不再做现场报道,成为《泰法里奥》的助理或副主编。

国家报报社位于当时的维多利亚街上,如今叫姆博亚街,报社后政府路①上的桑斯希克是我们的"卖酒地"。但作为学生,除了《泰法里奥》的那些人——约翰·库伊、赫齐卡亚·威佩克胡鲁偶尔请我的,我买不起酒。库伊在新兴政客和官僚中交游甚广,但同时也是个接地气的人,在城里熟门熟路。在认识威佩克胡鲁前,我从不知道撰写体育报道是一件如此惹人上瘾的事。他热爱这件事,总在讨论它,并为之兴奋。他试图拉我陪他一同观看体育赛事,没成功,但我能通过阅读他的领略享受足球赛事的激动人心。

一家报社就如同由嘈杂的打字机和不停在办公室里进进出出的记者们组成的集市,充满动作、噪声和电话。当你桌上的电话铃响起时,你应该接起来。电话可能来自通报消息的现场记者,或是其他人打来提供新闻的。但我害怕电话,最开始时,我会等着其他记者过来接听。我害怕电话的事一定是传到了新主编的耳朵里,他告诉我必须接电话。

我成长的环境中并没有电话。少年时,整个地区只在利穆鲁邮政总局里有一间电话亭。到哪里去等一个从纳库鲁或其他地方打来的电话本身就是特权的象征:有人给你家里打电话。等电话是一个仪式,你的一群朋友身着周日做礼拜穿的衣服,陪着"等电话小组"来到数英里外的邮局,有时候会在邮局等上一整天也没

---

① 现在叫莫伊路,桑斯希克已不复存在。——作者注

接到电话。就算如此,这经历也会成为故事主题,并受那些无权参与无聊等待的人艳羡。

我一段时间后才习惯了给长途电话的口述做笔录:这是一项令人沮丧的工作,接线不佳时,你有可能接连几小时重复说着"喂?喂?"就连那些经验丰富的记者也不太乐意做电话笔录,他们经常把这任务转交给我。

起先,作为临时员工,遇到重大报道,我会跟随更有经验的记者学习窍门,如果只是个次要报道,新主编就会派我一个人去。我发现,采写一个好故事本身就是一门艺术。一次,我被派去采访一位即将调离肯尼亚的印度外交官。我来到他的办公室,在接下来的一小时里,他对我讲了一通又一通关于印度和非洲两国友好关系的陈词滥调,以及他自己是如何促进这些关系的。我记下了他说的一切。新闻主编没有报道我的故事。接下来一天,他派了一位老资格记者前去采访同一位外交官,让我跟着。同一间办公室,同一个人物。但我们一落座,那位资深记者就注意到外交官的衣领上别着一枚徽章。"哦,这个啊……"外交官说了起来,为我们详细讲述他造访一个村庄的经历。这个故事又引起其他类似故事,同样是个人且翔实的叙述,没有遮遮掩掩的外交辞令。我同事采写的这个故事被作为一则特写发表了。

另一次,一个周日下午,我被派去报道由缪恩尤·维雅基博士组织的一次政治集会。维雅基作为一位医学博士,是许多在南非的海尔堡受教育的非洲知识分子和民族主义者之一,也是内罗毕地区政治三巨头中身材最矮小的一位,另外两位是更引人注目的 C.M.G. 阿尔格文丝-寇戴克和更受欢迎的汤姆·姆博亚。我对维雅基有种特殊好感:他不仅曾于 1945 年在联盟中学读书——早我几年,更是传奇人物维雅基的孙子。但触动我内心的是,他与我所写的小说《黑人弥赛亚》(后更名为《大河两岸》出版)中的一个人物同名。集会在一个非洲人聚居区——朔瑞莫约举行。我乘大巴到达，没有靠着讲台站，也没和《东非标准报》的竞争对手们站在一起，而是坐在了面露崇敬之色的人群中，写下大量详细笔记。我不会速记，不得不发明出一套自创的缩写系统，并不是十分行之有效。

集会的主要节目——维雅基博士的演讲刚一结束，我就离开了，以便在截稿前写完这篇报道。我说不清楚，但在回程的大巴上，我有种受到监视的感觉。下车后，我仍然觉得有人跟踪，当我终于离开维多利亚街(现称汤姆·姆博亚街)走进报社后，才松了一口气。

我把自己没有根据的想象抛诸脑后。内罗毕毕竟是个拥挤的城市。多年后，已成为作家和学者的我在一间酒吧里遇到了两个人，向我热情地打过招呼后，他们中的一人笑了起来。"你很幸运。"他说。

"何出此言？"

"你在国家报工作过，对吧？"

"是的，那是很久以前了。"

"你记不记得自己参加过一次维雅基的集会？"

"记得。"

"我们以为你是政府特工，一个告密者。你写下了博士说的每一句话。所以我们跟踪你，想要除掉你。走进国家报办公楼救了你的命。我们这才知道你是报社的人。"

希拉里·恩格文诺是我在做临时工时遇到的另一位记者。我觉得他也在考虑来国家报工作。我们两人同年，都生于1938年，他在布西亚，我在利穆鲁。我们进入相互竞争的两所中学，他去了

恩古吉与希拉里·恩格文诺（右），伯恩思·林德福斯拍摄。图片来源：恩古吉私人照片收藏

蒙哥中学，我去了联盟中学。我即将从麦克雷雷英语系毕业，而他已经从哈佛大学的核物理系毕业。他见识过大千世界，而我从未跨出过肯尼亚和乌干达的边境。我和国家报打交道的时间更长，但他现在是正式雇员，而我只是个临时员工。"为东非提供教师"

的第一批参与者之一伯恩斯·林弗斯为希拉里和我在国宾饭店外拍了一张照片,林弗斯现在肯尼亚西部的古西伊教书。恩格文诺比我高,照片里,两个年轻的知识分子安然自得,正准备好迎接他们在即将退去殖民外衣的肯尼亚中的未来。

二

未来已经来临,我对在国家报工作充满期待,就像是回归家庭的怀抱。对于没有见到希拉里·恩格文诺,我有点失望:我以为他一定回哈佛去了。毕竟,一个核物理学家在报社里干什么呢?不过,其他人都在,他们热烈欢迎我的加入,如同某种重聚。一周后,我为了什么事来到主编办公室。我以为主编还是迈克尔·柯蒂斯。

但将我迎入办公室并请我坐下的是希拉里·恩格文诺。他坐在椅子里的样子让我想起杰克·因索。他解释说自己接替了迈克尔·柯蒂斯,他现在去做编辑的团队管理之类的工作了。他态度亲切,又没有表现得太熟稔。主编的权威与他不可思议地相称,而且这么快就成了《国家日报》乃至全国所有英文报社的第一位非洲主编。未来,他将成为新闻与电视行业的开拓者,管理并拥有自己颇具影响力的《肯尼亚每周新闻报》,但彼时他是新主编。我对他的升迁深感骄傲,这是另一个新时代的标志。

在法院报道是我最低落时刻。在法律与正义的走廊中存在如此之多的悲惨,手戴镣铐的总是非洲人,而主持审判的地方法官则是白人或印度人。我负责全部法庭报道,生怕会落下某个吸引眼球的案件,而我来自日报的竞争者却发表了报道。我的对手们也有着相似的焦虑,因此我们达成共识:若有更有趣的案件,要互相提醒。我们也和法庭书记官交上了朋友,这样就能拿到那些我们错过听审的案卷。

在一个印度人告印度人的谋杀案中,我目睹了一个证人和辩方——一位高级欧洲律师间最富戏剧性的对质。审讯过程中,检方证人以一连串反讽的"是"回答了辩方律师的问题,如同在说,这些问题不值得予以严肃否认。我明白她的意思。在我成长的文化中,反讽回答可以被理解为否认。但这是在法庭上,法庭记录只是把她讽刺的"是"作为整句话记录下来。当她意识到自己在发脾气时做了什么后,她崩溃了。

法官宣布,法庭将于当日晚些时造访指控中提到的犯罪现场。我匆忙赶回报社,为当时没有在法庭上看到我的对手而窃喜。我从他们手里抢到了独家新闻。下一日早晨,新闻编辑要求见我。他桌上摆着两份报纸,对家的和我们自己的。唉,一定是有人把下午庭审的消息透露给《东非标准报》的记者了:报上登着一张大幅照片,拍的是整个法庭站在犯罪现场。我的报道只是文字,纸页上冷冰冰的文字。但新闻编辑很有耐心地向我解释,图片比一千个字还更有力,再说我的报道也没到一千字。

当一个来自葛屯杜——肯尼雅第一任总统乔莫·肯雅塔的故乡——的电话打进国家报的旧办公室、要求派人报道一个重大事件时,我是周日的值班记者。新闻编辑派我负责。"是什么事件?"我问。一个仪式:有人要为尼亚萨的卡诺平原洪灾受害者捐款。

乔莫·肯雅塔和副总统扎拉莫吉·奥金加·奥廷加正站在会场中,围着他们的不是我想象中财大气粗的捐赠者,而是一群平凡的男女,从穆拉雅一路走来,捐出自己所有,以帮助尼亚萨的肯尼亚同胞们稍解苦难。我从未见过这两位传奇领袖,是他们所领导

恩古吉在葛屯杜为国家报现场采访肯雅塔和奥廷加。图片来源：恩古吉私人照片收藏

的反殖民政治斗争让肯尼亚在 1963 年取得独立。我的摄影师设法抓拍到唯一一张乔莫·肯雅塔、扎拉莫吉·奥金加·奥廷加和我的合照。

三

我逐渐适应了新工作的节奏，但仍在归属与不归属、过去与未来之间徘徊。我的生活被无常的阴影所遮蔽：我离开父亲的大家庭，成为单亲家庭的一员，而这个家园又遭拆毁，我们被迫迁到新的战略村里。尽管紧急状态已经结束，重新安置土地的计划正在实施，这些战略村显然要一直存在下去了。

我用自己的薪酬帮助当时在巴塔鞋厂工作的弟弟恩吉举在金亚戈利附近买了一块地，那里离卡米里苏很有一段距离。在那里，我给母亲建了一座三居室的房子。她一直没能接受新村庄,而且一直喜欢独居,爱种东西。现在,她有了落脚之处。她满意的笑容照亮了我的心房。我永远无法偿还她给予我的,我永远不能还清。你如何能为梦想标价呢?对学校和知识的梦想先是她的,才是我的:是她把这梦想给了我。①

恩扬布拉和我依然在卡米里苏租房住。在安顿下母亲后,我在卡米里苏买了一小片地。虽然只有四分之一英亩,感觉却像是一个大牧场。拥有一块土地的感觉很奇特。为了土地,肯尼亚的白人与黑人一战到底;为了土地,成千上万的人受折磨、伤残、死去。我们真的拥有这片土地吗?有的只是暂时的使用权,最终,土地会拥有我们,我们回归大地母亲的怀抱。我们建了一座房子,并非豪宅,而是为家人提供一间住所。我简直不敢相信,但的确享受拥有一座无须还贷的房子,再加上土地使用权,我们能种起一小片果园,以李子树为主。这感觉很特别。恩扬布拉来自一个拥有土地的大家庭,所以这一小片地可能并未带给她这样的感情,但我们终于能在自己的土地上安家,这感觉很棒。与我不同,我的孩子们能指着这个家说,这就是他们长大的地方。我终于在恩扬布拉的新村庄里扎下了根,位于利穆鲁地区。

除此之外,未来似乎并不确定。我等待着学术和文学方面能有事发生。

四

当我看到自己即将出版的第一部小说《孩子,你别哭》的新书

---

① 参见《战时梦》。——作者注

样本时,那感觉难以言表。我飞奔回家,把样书拿给母亲、恩扬布拉和兄弟姐妹们看。孩子们还太小,不会在意,但我也拿给他们看了。我母亲想知道,我是否已做到最好,在我告诉她自己确实倾尽全力后很满意。我不知道邻居们会怎么想:一个成功毕业的大学生形象是身穿黑袍,头戴缀有流苏的方帽,手里拿着一卷什么东西,而非一个穿着便服的家伙手拿一本书,宣称自己是作者。但他们对这一消息接纳良好,尽管不识字,他们仍虔诚地抚摸着书脊。

我父亲一家现居吉缇西亚,1962年搬过去的。和许多其他没有土地的人一样,他们是被新一任独立政府分配安置的。那里距我处有数英里,但我还是拿着书去了,要把它展示给薇比娅看。她是我的半姐妹,在任何方面都属于弱势群体,但仍对生活保持乐观,沉浸在歌谣与故事的世界中,成为了整个社群的共同回忆。我在她的故事中长大,只有她能在白天编出故事讲。① 她看不到,用颤抖的手摸着这本书。她以唯有我能理解的方式塑造了我的世界:他让我想要成为一个织梦人。

这本书没有正式发售仪式,只有上市日期。在我作为第一位东非小说家接受的第一次采访中,采访者是我在国家报的同事约翰·德维里耶。他提起三年前我和《星期日邮报》的杰克·因索的对话,那时因索说,我的前途在于写书。显然,因索一定把他的预测告诉了报界同僚。否则,德维里耶怎么会得知发生在编辑办公室里的私下对话呢?是的,我记得这个评价。我当时痛恨这话,因为比起硬皮封面间的前途,我更需要一份工作,但现在,我能够珍视他这不同寻常的洞见了。

内罗毕的一家由马乔里·奥露德·麦克戈伊经营的书店安排

---

① 参见《战时梦》。——作者注

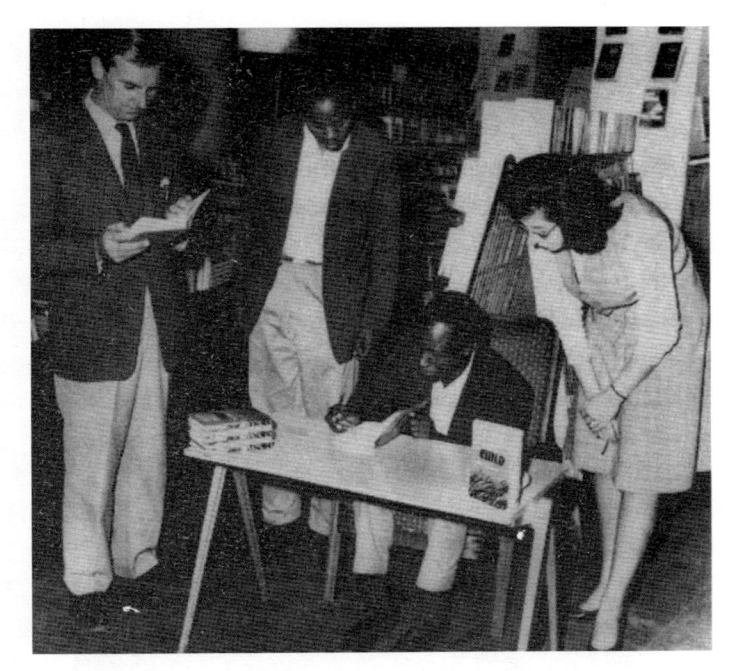

恩古吉为《孩子,你别哭》签名。图片来源:伯恩思·林德福斯提供

我前去签售新书,我不敢相信真的有人会排队等着我给他们手中的《孩子,你别哭》签名。

五

很快,我收到了为平装版的《孩子,你别哭》设计的插图,这意味着它将紧随精装版出版。海尼曼教育出版社的出版商聘请乌干达艺术家伊莱·凯伊云创作了这幅画。

凯伊云是艾尔温妮亚·兹莱姆(娘家姓纳穆克瓦亚)的兄弟,也是我的同辈人。我们在排演《黑隐士》时已经合作过。他

格伦·迪亚斯设计的《黑隐士》海报(凭记忆重画)

是麦克雷雷艺术学院的毕业生,学院由玛格丽特·楚维尔成立于 1937 年。她心怀以艺术来解放人心的愿景,但学院起源中的殖民痕迹不时为它带来灾难。相传,用于雕塑的黏土以前是从欧洲进口的,乌干达的黏土被认为质量太差,无法用于雕塑。伊莱莫·恩周的著名口号"模仿让上帝犯困",以及他的建议"让儿童画画",及其中对本地材料的强调,部分上都是对那段历史的回应。

《孩子,你别哭》首版封面(1964)。图片来源:维基百科

  作为学生的伊莱莫·恩周曾陪同玛格丽特·楚维尔的另一位学生山姆·恩泰罗造访联盟中学,并在我们的震惊和难以置信中,讲述了黑人耶稣。① 尽管有着殖民色彩的开端,艺术学院培养出了传奇式的画家与艺术家,其中包括山姆·恩泰罗、伊莱莫·恩周、乔治·马洛巴和弗朗西斯·纳根达。为《黑隐士》设计了海报

---

① 参见《中学史》。——作者注

《孩子,你别哭》上的作者照片。图片来源:恩古吉私人照片收藏

的格伦·迪亚斯,负责服装设计的帕特·克里奥-里斯,还有常同我谈论艺术的拉班·尼伦达也都是学院的毕业生。

抛开我与学院的联系,抑或正是因为这种联系,在罗富国楼晚餐上发表的最后一次正式演讲中,我批评了学院的欧化倾向,回首往事,我的批评显得过于严苛,并且忽视了学院的教育成果及其为东、中非艺术所做出的贡献。历史并非直线展开,亦不可预测。评价学院的唯一标准,是其培养出的艺术家们的成就,而非造就它的历史。常言道:人在并非自己所愿的关头创造历史,这同样也适用于艺术与艺术家。凯伊云先后设计了《孩子,你别哭》和《大河两岸》①的小说封面,因此,我们两人现在于书和想象力的世界里被连接在了一起。

在签售小说和接受采访过后一周,我再次得到了伦敦的消息。我以一级二等荣誉②获得了英语系荣誉文学士学位。积极参与《黑隐士》排演的巴哈杜尔·特贾尼和我是那一年仅有的两个获得受人觊觎的成绩之人。

六

我成了一名作家,对许多人来说,这头衔意味着拥有书的人,因此无论我去哪儿,新生政治阶级的成员们都会管我要书。其中一些人花了很久才明白,作者并不是真的拥有那些印着他名字的书。

由伊齐基尔(伊斯基亚)·木法里欧成立的凯姆凯米文化中心是首先邀请我前去举办读书会的机构之一。这是件十分令人满足的事:凯姆凯米已成为有志成为作家的人在伊斯基亚的指导之下聚会的场所。木法里欧也广泛地到各所学校演讲,以激发年轻人对写作的兴趣,我很乐意为此出力,我本人也是此事可能性的活

---

① 即《黑人弥赛亚》出版时的名称。——作者注
② 英制本科学位的评分标准,从高至低分别为:一等荣誉(first-class honours)、一级二等荣誉(second-class honours, upper division)、二级二等荣誉(second-class honours, lower division)、三等荣誉(third-class honours)和通过(ordinary degree)。

生生例证。

一日,彭旺尼中学邀请我去给初中四年级学生讲讲写作。身穿卡其布衣服的男孩们坐在破旧不堪的课桌后,填满整个教室。我简直不敢相信自己的眼睛。在他们中间,同样穿着卡其布,与人同用一张课桌的是 E. 凯里·弗朗西斯先生。除了他的年龄和白皮肤,他看上去与男孩们毫无二致。我完全忘了,他 1962 年就退休了,不再是联盟中学校长,成为了彭旺尼一名普通的教师。

早在二十世纪二十年代,不顾他人对一位剑桥教授的期待,他利用业余时间帮助英国穷人的孩子。后来,他又为非洲的穷人服务,先在一所小学做了十年校长,又被分派到联盟中学做了二十四年校长。到了 1964 年,他不顾他人对一位从全国顶尖学校前任校长的期待,再次回到底层人民当中。

我很高兴看到他,因为上次我们在麦克雷雷的冲突让我无法释怀。在提问环节,举起的手中也有凯里·弗朗西斯的手。没有提起传教士、基督教、牧师或帝国主义,他想让我深入谈谈是什么使我开始写作的。我能告诉想要成为作家的学生们什么窍门?一个作家该如何在他的想象力和政治诉求间取得平衡?我思考着这些问题。一个作家唯一真正的效忠对象是想象力,是缪斯。作家必须为她腾出时间,听从她的呼唤,竭尽全力为她效劳。

在我断断续续的日记中,11 月 5 日那天,我记下了对弗吉尼亚·吴尔夫工作习惯的一个观察。"刚刚得知,弗吉尼亚·吴尔夫会把一个段落重写十五次。好像是我的错。我这么没耐心。"如今,我把它简化成一个公式,告诉每一个向我请教秘诀的人:写,写,写;你会找到感觉的。写作是一项工作,一种献身。但如此说来,这真与其他感召——甚至是对神职人员的感召——有所不同吗?

自从他来到肯尼亚起,凯里·弗朗西斯就一直知道,自己在培养未来的领袖,尽管他所想象的也许是文明的大英帝国的未来。从一方面讲,他塑造未来领袖的愿景已经得到实现。独立内阁和政府中充满联盟中学的毕业生。

但在那些后殖民时代的精英中,有多少人能如他一般全心奉献于所有社群中的底层人民?他的一些学生,那些独立肯尼亚新时代的部长和常务秘书们,已经开始向其宣誓服务的人民索要他们的百分之五了。这些人的绰号叫百分之五先生。如果我要写另一部小说,我该如何描述这些百分比人与大街上的民众之间的对立?

我尽力回答了他的问题。一个作家追求的是真理,而指引他的则是社会良知。但我应该补充提到弗吉尼亚·吴尔夫的工作原则。

第十三章　笔记与笔记本

一

我在国家报的前景已有了着落。但出于某些我不能完全理解的缘故,新闻业在渐渐失去往日光辉。我寄希望于我的意见专栏,但我对它的看法与以前不同了。投入与回报似乎不再相等。我不想辞职,但百分之五的人与其他民众对立的问题开始让我忧心。

这问题并非始于上次与弗朗西斯的相遇。在我于1963年8月24日发表在《麦克雷雷人》上题为"作家与公众"的文章中,我谈到了即将发生的改变,然后写下了一系列设问句:

这些改变对普通人——那些每日骑自行车去工厂的男人,以及那些天天跋涉她的小园子里,设法凑出每日餐饭的女人——有何影响?是否存在一种扩展农民的经历、并提升他们期望的新觉醒与新认知?他的期望和领导他的政府的抱负间是否存在冲突?我也就麦克雷雷的毕业生提出了问题,这些毕业生是"一个在彻底殖民化的教育体系中长大的人,这体系在偏见和知识偏好上全都向西方倾斜"。

这些问题并非全部,还存在其他疑问。是谁发动了军事兵变?这些兵变是如何做到同时同月发生在多个不同国家中?英国继续在肯尼亚驻军会带来何种后果?为什么刚果暴乱正在引发回声,这又代表着什么?

二

期末考试前,我递交了攻读硕士学位的申请。对联盟中学的记忆影响了我对学校的选择。我有机会获得剑桥大学的奖学金,那是颁给在麦克雷雷成绩出众的学生的。尽管我对凯里·弗朗西斯身上的许多优秀品质十分钦佩,我仍然记得他说过,他认为就资质而言,没有非洲学生能进剑桥大学,唯一例外的是现在担任麦克雷雷副校长的瓦萨沃博士。弗朗西斯的英国独尊主义是他人格中的弱点,这不时会遮蔽他的眼界,尽管并不认同他的偏见,我仍然不希望被任何一所学府出于学术上的施恩而录取,更不想受到这种观点的影响。

我母亲一直教导并期望我把最佳作为自己的标准。对于她来说,最佳是没有上限的,你永远有提升最佳的空间。无论我去哪里,那里的条件和规则必须能让我将最佳作为目标,并允许我追寻梦想。从各方面考虑,利兹大学似乎都最适合我。其他我所敬仰的人——格兰特·卡门朱、彼得·纳泽瑞斯、皮奥和艾尔温妮亚·兹莱姆都已经到那里去了。当然,在他们之前,还有我在麦克雷雷大会上见到的作家沃莱·索因卡。

因此,我坚定否决了让我去剑桥的提议。参加期末考试前,我也申请了一项联邦奖学金,随后将其完全忘诸脑后。我曾以为自己的未来在于新闻行业,而非进一步的学术追求。

我没有听从杰克·恩索的建议,进入了新闻行业;不过没问题,这是我所选择的未来,国家报也给了我这样的机会。

管理层通过不断派给我展示出信任的工作——例如让我写社论——来表达他们对我的重视。每次被分派写社论,我都感到受宠若惊。

社论表述的是报社在某一问题上的立场。实际上,社论也可以说是一种背负着整个报社重量的观点。我很快意识到,这与我惯常写的观点特写不同。社论必须尖刻、凌厉,口吻恰如其分,做到掷地有声。社论不署作者的姓名,这正是它存在的意义。社评的匿名性使其能够表达全体报社员工的集体意见。

1964年8月某日,国家报管理层创立了署名社论,称之为评论文章。通过署名评论文章,报社想获得一种庄严感,尽管权力受到削减,但若政府对文章有所微词,便有了回旋余地,可称社论表达的是个人观点。

8月初,《国家日报》发表了一篇文章:美方称,北越的鱼雷艇分别于1964年8月2日和4日击毁了停靠在东京湾的美军马多克斯号驱逐舰。我负责为此事撰写署名评论文章。

1964年8月7日的《国家日报》发表了我的文章:"美军轰炸北越鱼雷艇,以报复此前对美国马多克斯号驱逐舰的袭击。"显然,我将美方的声明信以为真。后来,事实浮出水面:此事件是捏造的,意图为开战扫清障碍。随后,美国国会通过《东京湾决议》,为其向越南正式宣战奠定了法律基础。

我感觉很糟,却无人可怨。尽管我无疑被授以文章的整体立场,却是用自己的文字写下了评论文章,署名詹姆斯·恩古吉。大约三年前,我与已故的J.恩乔罗格的对话重新浮现,萦绕在我心头。我几乎能听到他嘲讽的笑声从坟墓中传来：我就说吧！在报社工作意味着在其世界观的大范围内写作。

此事加重了我在1963年8月24日发表在《麦克雷雷人》上题为"作家与公众"的文章中所提出的疑问。彼时，我是一名典型的麦克雷雷毕业生，被我自己描述为"一个在彻底殖民化的教育体系中长大的人，这体系在偏见和知识偏好上全都向西方倾斜"。

在殖民地生长受教不可避免地留下了伤疤。但反殖民主义抗争也是我所继承遗产的一部分。在我的世界观里，殖民主义和反殖民主义处于永恒交战之中，这种矛盾体现在我对帝国主义的全球特征和其新殖民主义表现的纷繁错综尚不完善的理解中，而这种不完善又反映在我见诸报章的八十多篇新闻报道里。相较于新闻写作，我觉得自己在小说和戏剧中的根基更为稳固。

而如今，我在新闻行业中迷失了。我觉得精疲力竭，体内的某种东西日益消亡。国家报给了我就业的机会，但它给不了我人生的追求。这份工作刚做半年，我就有了这样的感觉？而1964年还没结束？也许到头来杰克·恩索说对了：我的未来在于写小说。

一日早晨醒来后，我按照寻常的提前一个月通知写下了辞职信。我没有对此给出理由。我觉得别人理解不了，因为就连我自己也说不清是什么正在令我窒息。

三

迈克尔·柯蒂斯邀我共进午餐。午餐会上还有一两个其他人，我以为他们都是管理层的。但我注意到，我的主编希拉里·恩格文诺不在主持者之列。

那是一次气氛友好的午餐会，但我很快就意识到举行的原因。

他们想知道我为何辞职。他们说起我与国家报业合作已久,他们对我有所安排。当我说并没有什么具体原因时,听起来一定更引人起疑了。

我是要去什么地方继续深造吗?

我申请了,但还没有收到学校的回复,也没得到奖学金。

是不是跟希拉里·恩格文诺有关系?我们闹矛盾了还是怎么的?他们边问边向我保证,他们会为我保密的。但我对希拉里没有任何不满。我觉得他做得很棒。我们也没闹矛盾。

午餐结束时,我向大家表示感谢,他们则保证,如果……唉,就是那么回事。

我觉得自己不会改变主意,但谁也说不准。

后来,利兹大学的录取通知书来了,接着我又获得了奖学金,我的同事们含沙射影道,我早就知道,所以才辞职。

我没有试图解释,只是觉得很讽刺:英国文化协会曾打碎我的梦想,疑似参与了禁止我的戏剧《心中的伤口》在坎帕拉国家剧院上演,理由是"英国官员不会做这种事",而现在,协会又大力支持我到利兹追寻梦想,这所学校位于约克郡,是艾米丽·勃朗特笔下《呼啸山庄》的故事发生地。

有了这些事,我现在又多了一种标志我大学时光的方法。我在1959学年作为殖民地的臣民进入麦克雷雷,在1963年作为一名独立肯尼亚的公民毕业。两点之间的时光中,一位作家诞生了。我出版了一部小说《孩子,你别哭》,第二部小说《大河两岸》的出版正在进行中;我写了一部三幕戏剧《黑隐士》和两部独幕剧;我在报纸和杂志上发表了超过六十篇新闻报道。

就算那时,我也很难用作家一词来形容自己。在我看来,这些全部是在为未来的作家做准备。因此,在许多表格中的"职业"一

《麦克雷雷人》和《过渡》杂志上关于恩古吉及恩古吉所作文章的拼图,芭芭拉·考德威尔制作。图片来源:《麦克雷雷人》上的文章,据查尔斯·赛齐托莱科先生提供的麦克雷雷大学档案资料;《过渡》上的文章感谢彼得·纳泽瑞斯提供

栏,我都填了学生。就好像,我还未写出自己想写的那部小说。但编织梦想的欲望依旧炙热,它是我生命中不可分割的一部分。

第十四章　地狱中的天堂

"我们不知自己身处天堂",丁威迪后来引用了历史系主任山姆·鲁尼伊戈在多年后的一次会议上对他说的话。[1]

天堂指的是五六十年代的麦克雷雷。不仅因为它位于一座去其他山顶竞相对望的山巅,那些山上耸立着名字颇具诗意的教堂,例如鲁巴加和纳米伦贝,还有卢比利皇宫和卡苏比皇陵。

我们身处天堂:当我们置身各宿舍楼里的社交晚会上,以及在主礼堂举办的舞会中,再加上坎帕拉的夜生活——围绕顶级生活、苏珊娜,以及有常驻乐队演奏现成音乐的其他夜店展开。音乐也在科洛洛地区举办晚宴的人家响起,还有我常去的文学沙龙,主办者是拉加特·尼欧吉及其《过渡》杂志。如今我意识到,作为一个初出茅庐的小说家、剧作者和专栏作家,我也许得以接触到一些其他大学生难以涉足的社交空间,但主要来说,麦克雷雷才是让来自不同种族、社群和信仰的人一起合作的地方。在我们看来,这所大

---

[1] 引自休·丁威迪给一个被他称作"亲爱的查尔斯"的人去信中,写于1997年新年夜。——作者注

学可与全世界的顶尖学府——剑桥、牛津、哈佛,任何你叫得上名字的——所能提供的资源相抗衡。若没能进入这所大学,你就损失巨大,在其他任何地方取得的成绩也不足以弥补。在这里,不可能之事变为可能:简而言之,那时的麦克雷雷是一个梦想之地。

只有在那个麦克雷雷,才可能实现"野狼必与小绵羊同住,豹子与小山羊同卧;少壮狮子、牛犊和肥畜同群;孩童要牵引它们……在我圣山各处,它们都不伤人,不害物;因为认识耶和华的知识要遍满全地,好像水充满海洋一般"①。

但他们确实通过伊迪·阿明伤人害物了,他在1971年推翻了奥博特政权,并驱散麦克雷雷学子和乌干达人,让他们在风中零落四散:艺术家、作家、政客——没有一个社会阶层得以幸免。

我们早该预见到,至少该看到地狱之火烧起的烟。这火是殖民者们点燃的。符合自己利益时,他们曾驱逐国王,但他们也曾与国王们暗中结盟,对抗要求独立的民族主义者,其后又反对奥博特具有迷惑性的"左倾运动"——这是全国风行的腐败与暴政的幌子,和他所宣称的社会主义理想毫无关系;他们挑起了布干达人与班约罗人间因"失陷诸国"(布干达王国与早期英国殖民者为盟时所占领的班约罗人的土地)而生的对峙,又把问题丢给下一任掌权者去解决。最重要的是,他们以升迁回报伊迪·阿明收集肯尼亚土地与自由军士兵——所谓茅茅——头颅的狂热。奥博特从殖民政权手中接过这赠礼,用他拿下布干达国王的王宫(倒不是说国王自己并未密谋对中央政府发起军事进攻),并以军事统领权奖赏他冷血的胜利。奥博特想要利用这份赠礼巩固他的"左倾运

---

① 《圣经》以赛亚书11章6、9节,英王詹姆士钦定版。——作者注
此处使用和合本修订版译文。——译者注

动",却发现这礼物是一杯毒酒。

西方愉快地将他们的造物拥入怀中:他们让阿明参与国事访问,会见以色列的果尔达·梅厄、法国的乔治·蓬皮杜和英国的伊丽莎白女王。直到他们发现他举止奇怪,并不总是恪守礼节,才将他作为独裁者公然声讨,作为黑人保证的例子明正典刑。他们突然发现他确实割下俘虏的头颅冻在冰柜里,并把他们的身体喂给鳄鱼。这并非他第一次这么干了,至少不是第一次割人头颅,他在英王非洲步枪队里对抗茅茅时就养成了猎头的习惯,那些人的变化无常一定让他大吃一惊——他们曾夸赞这种行为应获奖章,如今又为此谴责他。

天堂里总是有地狱存在,至少是地狱之火,只是我们连烟都没看见,因此才无比惊愕。对于我,那是一种彻底的无能为力感,眼睁睁看着我的朋友们流散世界各地,却无法伸出援手,道出慰言。有失必有得。肯尼亚的学校从成百上千的乌干达流放者中获益,他们在肯尼亚勤勤恳恳地做教师。英国、加拿大和美国则收获了许多被流放到他们国家的乌干达亚裔,他们成为了创业者。

从麦克雷雷到利兹,我与彼得·纳泽瑞斯相识已久,两人十分亲密。他的妻子名叫玛丽,我们常笑称他俩是来自《圣经》中拿撒勒的玛丽与彼得[①]。他在麦克雷雷时创作的小说和戏剧中,都透出对生养他的乌干达的热爱。如今,他却成了"乌干达亚裔"。哈杜尔·特贾尼遭遇相同。五年中,我们同班上课,同组学习,有着彼土利·库鲁图等共同的朋友——而今他成了"乌干达亚裔",被逐出他所爱之地。他们的遭遇就是非洲的故事。

---

① 彼得·纳泽瑞斯的姓"Nazareth"也是《圣经》中耶稣的故乡拿撒勒,彼得和玛丽都是《圣经》中的人名。

苏珊·基古利的诗作《点滴印象》形象捕捉了这一图景。基古利在此诗的开篇表明，她并未亲眼看见印度人离开。但她感到了他们在乌干达及大陆其他地方发生的屠杀故事中集体退场。

> 我看到印度人踏上旅途；
> 远离我们的土地，
> 遭遗弃的房屋中，
> 他们的家园。
>
> 每当我想起独裁者，
>
> 我就看到乌干达的印度人离去。[①]

苏珊·基古利用卢干达语和英语写作，任职于纳泽瑞斯、特贾尼和我曾经就读的文学系。她把《点滴印象》这首诗献给彼得·纳泽瑞斯。不知怎的，麦克雷雷得以幸存，但仅剩昔日余晖。如今，有了苏珊·基古利这一代人的头脑与奉献，麦克雷雷又有了凤凰浴火重生的迹象，将从恐怖的灰烬中崛起，再次成为山上的灯塔，在大陆和世界上的每一个角落都能看到。那时，伊迪·阿明所引发的混乱看起来不过就是历史进程中暂时的阻碍。

当然，奥博特对混乱的产生也责无旁贷：毕竟，早在军人伊迪·阿明驱逐亚洲人之前，囚禁并流放文人拉加特·尼欧吉的，正是他这个麦克雷雷人；后来，他又倾尽地狱之力对付其他我曾与之共事并认识的知识分子：皮奥·兹莱姆、威克里夫·金吉，以及其他乌干达艺术家和演员。通往政治地狱的路始于不容异见。

[①] 苏珊·N.基古利著，《漂在远处的故乡：诗集》，德语版和英语版（海德堡：魔角出版社，2012年出版）。——作者注

1963年，肯尼亚独立仪式，爱丁堡公爵站在乔莫·肯雅塔身边。图片来源：AFP/Getty 图片社

一次，我在内罗毕遇到了芭芭拉·基门耶。她在国家报工作，笔下专栏拥有上千读者，但对于总把她与坎帕拉联系起来的我而言，她看起来与内罗毕的街道格格不入。在我眼中，她依然属于坎帕拉，那建立在数座山丘——肯定比七丘之城罗马要多——上的城市，构思出她小说的人物摩西和那所学校。曾经以文学沙龙、辩论和思想碰撞而闻名的坎帕拉已成过往。

是的，我们身处天堂，但这天堂建立的基础是我们发誓维持的、不平衡的殖民主义构架。这与非洲大陆上的其他地方有何区别？当伊迪·阿明持续八年之久的恐怖统治终于结束，另一位平民版的伊迪·阿明已登上王座，统治我深爱的肯尼亚。他的名字是丹尼尔·阿拉普·莫伊。在其一手造成的饥荒中，他从美国弄来黄色玉米,强迫孩子们以此为他高唱赞歌。他在全国组织游行,高喊着"卡拉姆基尼"的口号——放下笔。这回轮到肯尼亚的知识分子们四散逃亡了。在独裁统治的逼迫下,我不得不加入彼得·纳泽瑞斯、巴哈杜尔·特贾尼及许多其他人的行列,流放途中,我们谈起曾向我们应许天堂的麦克雷雷。监狱与流放是另一个故事了。但我是在麦克雷雷发现了对自己的人生感召——成为一个织梦人。因此,它将永远是故事的一部分。

致　谢

　　我将衷心的感谢献给：芭芭拉·考德威尔在图书馆所做的研究，她设计了插图，并为此回忆录保存了许多文件；苏珊·基古利博士和查尔斯·赛齐托莱科在麦克雷雷所做的档案研究；玛丽·木索克的帮助；彼得·纳泽瑞斯分享了有关过去的回忆与故事；卡罗尔·齐柯曼，她有关麦克雷雷的著作提供了许多信息与图片，她本人亦在阅读书稿后提出修改建议；巴哈杜尔·特贾尼的口头和书面证词；格伦·迪亚斯分享了回忆，并根据记忆重画出《黑隐士》的海报；彼土利·基普拉加特提醒了我，我们两人住隔壁；丹·卡亚纳、凯西、古丽扎尔、坎吉、苏西（乌曼）·塔鲁、麦瑟·穆戈、纳特·弗罗辛厄姆和伯恩斯·林弗斯，他们都提供了图片，林弗斯对我早期新闻报道的整理帮助我打开回忆之门；希瑟·佩萨尼找出了麦克雷雷大会的报告；琼斯·柯亚兹找到并翻译了艾莉·瓦玛拉的歌"塔兰塔亚吉"，帮我重新忆起当时的麦克雷雷；恩吉莉·瓦·恩古吉对我读给她的部分书稿提出了有用建议；基蒙亚·恩古吉提供了图片；木寇玛·瓦·恩古吉阅读书稿并提出了有用建议；加里·斯缇姆灵审阅了书稿；歌莉亚·卢米斯和亨利·查卡瓦阅读早期草稿并提出了有用建议。